小紅帽，在旅途中遇見屍體

赤ずきん、旅の途中で
死体と出会う。

青柳碧人 著
緋華璃 譯

目次

第一章　玻璃鞋的共犯

1

真是的，真是太冒失了！

——小紅帽蹲在溪邊，氣得頭頂都要冒煙了，奮力地搓洗拿在手裡的鞋子。清澈的溪水一下子就被污泥弄髒了。

「真不好意思啊。」

黑衣長長地拖在地面上的老婆婆誠惶誠恐地一再低頭道歉。這位有著大大的招牌鷹鉤鼻、名叫芭芭拉的老婆婆是個女巫。

小紅帽前一刻才在小溪上的橋遇見芭芭拉。芭芭拉對她說：「哎呀，瞧妳穿得這麼寒酸，我用魔法變出華麗的衣服給妳吧。」小紅帽很喜歡自己的紅頭巾，所以只請芭芭拉幫她換雙鞋。沒想到芭芭拉唸完咒語、揮完魔杖後，鞋子非但沒有變得豪華，還滿是泥濘。任誰來看都知道芭芭拉搞砸了。

「為了賠罪，讓我把妳的籃子變成黃金做的籃子吧。金光閃閃的，一定很漂亮。」

「不必，走開啦！」
小紅帽停下洗鞋的動作，沒好氣地回答。
「還是把妳的紅頭巾變成更高貴、有如鳳凰羽毛般的顏色呢？總不能永遠都打扮得這麼孩子氣嘛。」
「都說不用了！」
小紅帽氣沖沖地說——就在這時，鞋子「噗通」一聲掉進水裡。她眼睜睜地看著鞋子被溪水沖走。
「等等，別漂走。」
小紅帽沿著溪邊拚命追趕，但水流異常快速，鞋子離她愈來愈遠。
「啊……」
鞋子轉眼間就不見了，小紅帽束手無策。才剛踏上旅途，鞋子就沒了，接下來怎麼辦？
「哎呀，打起精神來嘛，不過是一雙滿是泥巴的鞋。」
芭芭拉說著氣死人不償命的話，但小紅帽已經沒有力氣罵回去了。
小紅帽光著腳，有氣無力地往前走。發現不遠處的前方有一塊突出於小溪上的平坦岩石。有個衣衫襤褸的赤腳女孩正在那塊岩石上洗著白布。女孩的身邊是……

「啊！」

小紅帽衝過去，拿起那個東西。不會錯的，那絕對是小紅帽剛才被溪水沖走的鞋子。

「太好了，是妳幫我撈起來的嗎？謝謝。」

「不謝……這是妳的鞋子啊。」

女孩有些困惑地說道，語氣聽起來似乎有些遺憾。她比小紅帽大兩、三歲——約莫十八歲，身上穿著滿是補丁、彷彿好幾年沒洗的破爛衣服，頭髮和臉上也都沾滿污漬。

小紅帽向對方拿回濕漉漉的鞋子穿上，想再道謝而望向對方的臉蛋時，發現她的眼睛紅通通的。

「妳在哭嗎？」

「嗯……」

順著女孩的視線看過去，草地上有一坯隆起的黃土，好像剛才埋了什麼東西，還插著小巧的十字架。

「我心愛的鴿子昨天死掉了。」

「啊，好可憐。」

小紅帽面向十字架，獻上祈禱後，又看了她一眼。

「我叫小紅帽，妳呢？」

「灰姑娘……」

怎麼會取這種髒兮兮的名字，小紅帽一臉疑惑。

「我真正的名字叫艾拉。」

女孩哭著話說從頭。

艾拉原本與身為皮革工匠的父親和溫柔的母親住在這一帶，然而就在七年前，母親不幸病死。父親認為小孩沒有母親太可憐了，決定再娶新太太。

新來的母親名叫伊莎貝拉，帶了兩個孩子嫁進來。兩個都是女孩，大姊名叫安妮，比艾拉大五歲；二姊名叫瑪歌，比艾拉大兩歲。起初，伊莎貝拉與兩位姊姊都對艾拉很好，但父親在繼母進門才不到一年就死了，從此以後，狀況有了天壤之別。

伊莎貝拉把原本自己做的家事，包括煮飯、洗衣、打掃全都推到艾拉頭上，讓兩位姊姊打扮得漂漂亮亮，卻強迫艾拉只能穿著破破爛爛的衣服。不僅如此，還給她取了「灰姑娘」這個髒兮兮的外號。

「我不是伊莎貝拉繼母的親生女兒，所以才被她這樣欺負。」

灰姑娘的眼眸逐漸蒙上一層淚霧。雙手充滿了細微的傷痕，真是惹人疼惜。

「灰姑娘，妳手上的傷口是？」

「被森林裡的荊棘割的。安妮姊姊很愛吃覆盆莓果醬，經常要我去採覆盆莓。可是有覆盆莓的地方一定長滿荊棘，無論如何都會割傷……我今天也去森林採覆盆莓，但只採到一點點，所以姊姊為了處罰我，丟掉我僅有的一雙鞋子。」

光聽都火冒三丈。話說回來，丟了人家的鞋子，灰姑娘不就不能進森林了嗎？難道要她光著腳丫進森林嗎？

「好過分。帶我去妳家，我幫妳罵她。」

「去了也沒人。繼母和姊姊今天都去參加舞會了。」

「什麼舞會？」

「月光城堡每年都會特別舉辦平民也能參加的舞會。因為是王子選妃，全國上下的年輕女孩都可以參加。」

「那妳也去啊！只要把臉洗乾淨，換上禮服，戴上髮飾，一定會變得很漂亮。」

實際上，眼前哀哀哭泣的灰姑娘有張瓜子臉，眼睛大又有神，看起來確實是個相當漂亮的美人。

「這是不可能的事。」

灰姑娘搖頭。

「我沒有禮服可以穿去參加舞會，也沒有人願意借我……」

「如果是這件事，包在我身上。」

耳邊傳來一個聲音，小紅帽和灰姑娘同時轉過頭去。

女巫芭芭拉一臉得意地轉動魔杖。

「妳還在啊？」

小紅帽語帶諷刺地說，但芭芭拉一點也不在意。

「灰姑娘，我幫妳把那身破破爛爛的衣服變成舞會禮服吧。」

「別聽她的。她的法術很蹩腳……」

「賓達、潘達、賓達利！」

芭芭拉的口中冒出奇妙的咒語，煞有其事地揮舞魔杖。

語聲未落，灰姑娘全身籠罩在有如流星般閃亮的耀眼光芒裡。

2

事情發生在一瞬間，小紅帽屏住呼吸。

灰姑娘換上一身水藍色系的優雅禮服。不僅如此，還高高地紮起金髮，臉和手腳都跟雪一樣白。

「如何，簡直判若兩人吧？」

芭芭拉說的一點也沒錯。灰姑娘變成小紅帽有生以來從沒見過的美女，果然判若兩人。

「我也可以參加舞會了嗎？」

「當然可以。」

芭芭拉對灰姑娘的質疑頻頻點頭。

灰姑娘的臉上流露出自信。

「要是脖子這邊再有條項鍊就好了，就像家母戴的那條翡翠項鍊。」

「就算沒有那種東西，妳也很漂亮喔。」

一點也沒錯，小紅帽點頭如搗蒜。灰姑娘在舞會上肯定會成為眾所矚目的焦點吧，真令人羨慕……小紅帽內心湧現少女特有的不服輸情緒。

「芭芭拉，」小紅帽轉向女巫說：「也對我施魔法。」

「什麼？」

芭芭拉瞪大了雙眼。

「妳剛才不是說妳很喜歡那條紅頭巾嗎？」

「我也要參加舞會。」

「妳去做什麼？」

「我正踏上讓人生更加豐富的旅途，必須去各國各地增長見聞。」

小紅帽說道，看了籃子裡的東西一眼。一包餅乾和一瓶葡萄酒——這趟旅行還有別的目的，但旅程才剛揭開序幕，稍微繞路應該沒關係吧。小紅帽心想。

「這樣啊，那好吧……」

賓達、潘達、賓達利——芭芭拉唸完咒語，小紅帽也換上禮服。紅色系款式設計，熱情如火，看起來挺不賴的。可是怎麼覺得腳濕濕黏黏的。拎起裙襬一看……

「喂！」

小紅帽氣得跳腳。跟剛才一樣，鞋子又滿是泥濘。

「不好意思，我真的拿鞋子沒辦法。」

芭芭拉搔著頭，一臉尷尬地說著。

「我怎麼能穿這種鞋去參加舞會呢？灰姑娘呢？妳的鞋子沒問題嗎？」

灰姑娘看著自己的腳尖，搖頭說：

「我本來就沒穿鞋子。」

這麼說也是，她的鞋子被姊姊丟掉了。

就在這個時候——

「芭芭拉姑媽，妳還是老樣子呢。」

聲音從頭上傳來。抬頭看，樹梢有顆燦爛的光球。透明的帽子、透明的上衣、透明的裙子和透明的鞋子……全身穿著玻璃的三十歲女子輕飄飄地從樹上翩然降落。

「特克拉，妳回來啦？」

芭芭拉說道。

「因為我老公要我回來看一下。」

她自稱是芭芭拉的姪女，想當然耳也是女巫，多年前嫁給遙遠東方一個叫作波西米亞的國家的魔法伯爵為妻。波西米亞自古以來就盛行玻璃工藝，與玻璃有關的魔法水準相當進步。

「姑媽，妳還在用那枝老舊的魔杖啊？這麼一來，就算施了法，魔法會在當天晚上十二點就會失效耶。」

「哼，有什麼關係嘛。魔法就是要失效才叫魔法啊。」

「但時間也太短了，波西米亞的玻璃魔法可以維持七天七夜。如何，兩位姑娘，我把妳們的鞋子變成玻璃鞋吧！」

玻璃鞋聽起來好迷人啊，小紅帽心想。

「拜託妳了。」

「包在我身上。我剛才也幫另一個想去舞會的女孩變了一雙玻璃鞋……等等，妳沒穿鞋子嗎？」

特克拉看著灰姑娘的腳說。

「如果沒有鞋子的話，就無法變出玻璃鞋了。姑媽，把妳的鞋子借給這孩子吧。」

「咦？要用我的嗎？」

芭芭拉縱有千百個不願意，還是脫下自己的鞋子，借給灰姑娘。

見灰姑娘穿上芭芭拉的鞋子，特克拉一彈指，將小紅帽與灰姑娘的鞋都變成了玻璃鞋。

「哇，好神奇。」

「好美呀。」

「記得嗎？如同我剛才所說，魔法只能維持七天七夜。一旦過了七天七夜，玻璃鞋就會變回原本的鞋子。而且這段期間，只有最先穿上那雙鞋的人才能剛好把腳塞進玻璃鞋裡。就算腳的大小差不多，也絕對無法穿上別人穿過的玻璃鞋。」

特克拉呵呵笑道。

「運氣好的話，說不定妳們其中一位能贏得王子的心呢。把耳朵靠過來。」

特克拉傳授兩人某種「戰術」——確實是非常完美的戰術。

「我的幸福就是讓全世界的女人都得到幸福。」

特克拉微笑同時，城堡的方向傳來「噹——噹——」的鐘聲。一共響了五次。

「糟了，已經五點了！舞會再過不久就要開始了。」

芭芭拉攔住就要拔足狂奔的灰姑娘。

「妳該不會想用跑的去吧！既然要進城，當然要搭馬車啊。」

「我哪來的馬車？」

「妳家倉庫有老鼠嗎？」

「多得是。」

芭芭拉滿意地笑了。

「既然如此，去抓四隻白老鼠和一隻黑老鼠。還有，妳有辦法弄到一顆南瓜嗎？」

「可以。」灰姑娘點頭。

這時，小紅帽感覺哪裡不太對勁，因為灰姑娘的手上沒有任何東西。她剛才不是在洗衣服嗎？

3

馬車搖搖晃晃地前行。小紅帽背對車頭坐著，對面是神情緊張的灰姑娘。

「是說，我一開始還以為芭芭拉是個只會胡說八道的蹩腳女巫，沒想到緊要關頭還挺有一套的。」

為了消除她的緊張，小紅帽說道。

「對呀。」

灰姑娘回答，眼睛看著窗外。黑暗中，月光映照出潺湲小溪，白天灰姑娘洗衣服的平坦岩石映入眼簾。

穿著禮服和玻璃鞋的灰姑娘與小紅帽，和芭芭拉一起前往灰姑娘家的倉庫。

倉庫裡雜亂無章地擺放著一捆捆稻草和手推車、鋤頭等工具，瀰漫著刺鼻的霉味。灰姑娘吹了一聲口哨，老鼠立刻從倉庫的各個角落跑出來。灰姑娘被壞心眼的繼母與兩位姊姊從主屋趕出來住在這個倉庫裡，不知不覺跟老鼠變成好朋友。

挑了四隻白老鼠和一隻黑老鼠，再加上灰姑娘從田裡帶回來的南瓜，芭芭拉唸咒語，揮舞魔杖後，伸手不見五指的黑暗中出現一輛氣派的馬車。原來是灰姑娘的南瓜變成四輪的豪華馬車。馬車前有四匹精壯的白馬，前座則坐著身穿燕尾服與銀色禮帽的暴牙車伕。

「來吧，公主們，請上車。」

車伕以高八度的聲音說。小紅帽發現他是剛才那隻黑老鼠。四匹白馬則是被施了魔法的白老鼠吧。小紅帽突然覺得好開心，把唯一的行李，也就是那個籃子留在倉庫裡，與灰姑娘一起跳上馬車。

「聽清楚嘍，千萬別忘了——」

芭芭拉的叮嚀從車窗外傳來。

「特克拉的玻璃鞋可以維持整整七天七夜，但我的魔法到了今天半夜十二點就會失效。妳們身上的禮服將會變回破破爛爛的衣服，這輛馬車也會變回南瓜。所以請在十二點之前擄獲王子的心。」

芭芭拉眨眼示意的同時，車伕的位置傳來「嘿咻」一聲，南瓜馬車伴隨著揮鞭的聲音往前移動。

「好緊張啊……」

灰姑娘看著埋葬鴿子的地方從窗外掠過，喃喃自語。

「我這種人可以參加舞會嗎？」

「當然可以啊，妳不想嫁給王子嗎？」

「當然想。我曾經看過王子的馬車，心想要是能坐在那輛馬車上，不曉得有多幸福。可是我從未去過像城堡那樣金碧輝煌的地方。王子肯定耀眼到令我不敢直視。」

馬車駛進森林裡。

大概是車輪輾過樹根，兩人的身體彈跳了一下。彷彿要加深灰姑娘的不安，樹葉沙沙作響的磨擦聲包圍住整輛馬車。

「要對自己有信心，灰姑娘。妳現在很美麗。」

妳也很漂亮喔——小紅帽期待能聽到同樣的恭維，但灰姑娘顯然沒這麼機靈。

「不瞞妳說，我很怕被繼母她們發現，本來我應該留下來看家的。」

「沒有人會發現妳就是灰姑娘，因為妳看起來完全不一樣。對了，我們最好換個名字稱呼對方。」

仔細想想，明明身穿華服，如果還叫「小紅帽」也太奇怪了。

「我叫裘莉，妳叫雪莉如何？」

這是小紅帽小時候經常一起玩的兩隻松鼠的名字。灰姑娘似乎很滿意雪莉的發音，不安的臉上總算浮現笑容。

啪——！

嘶——！

耳邊傳來好像有什麼東西破掉的聲音，馬也同時嘶鳴了起來。

「哇啊！」

南瓜馬車劇烈地顛簸了一下，灰姑娘整個人摔向小紅帽。馬車緊急剎車。

「糟、糟了！」黑老鼠變成的車伕慌張地說。

「出、出了什麼事？」

兩人心急如焚地跳下馬車。車伕早已下車查看，一手提著燈籠，樣子十分驚慌。在茂密的枝葉圍繞下，路上暗得有如置身隧道中，就著提燈的微光，看見有人倒在路上。

「啊啊啊，這傢伙剛才突然從樹蔭後面無聲無息衝出來。啊啊啊……」

小紅帽和灰姑娘戰戰兢兢地走向倒在地上的人。那人穿著綠色的衣服，年約五十歲，是個男人。雙眼緊閉，額頭印有清楚的馬蹄痕跡。

「不會吧。」

灰姑娘不可置信地低語，小紅帽搖晃那個人的身體。

「喂，醒醒呀，喂。」

但他已經沒有呼吸了。
「死了……」
「啊啊啊，怎麼辦？啊啊啊……」
黑老鼠車伕方寸大亂，圍著馬車走來走去。怎麼會這樣……小紅帽好想對天吶喊。居然在前往舞會的路上撞死人。不知道這個國家的法律如何規定？但殺人就算不用償命，也絕不可能全身而退。這麼一來就無法完成這趟旅行的目的了。
「啊啊啊，怎麼辦？啊啊啊……」
黑老鼠車伕六神無主地鬼吼鬼叫。灰姑娘想必也很著急吧，就在小紅帽把臉轉向她的時候。
「安靜。」
灰姑娘說道，視線望著深不可測的森林深處。她出奇冷靜，令車伕倏地閉上嘴巴。
「要是被城裡巡邏的士兵發現就死定了，趕快把這個人藏起來。」
灰姑娘說道，開始脫掉水藍色的禮服。

4

怎麼會有這麼明亮、這麼豪華的宴會廳啊！

大到就算把森林裡所有動物都聚集一堂也綽綽有餘，天花板吊著十幾二十個彷彿把星星磨碎製成的水晶燈，散發出璀璨的光芒。地板擦得亮晶晶的，光可鑑人，大理石牆壁鑲著巨大的窗戶，窗簾就像天使的羽衣一樣。桌上擺滿小紅帽看都沒看過的山珍海味，頻頻傳來令她肚子咕嚕咕嚕叫的香味。

賓客大約上百名，果然以女性居多。每個人都穿著爭奇鬥艷的禮服，拿著酒杯，談笑風生的同時也伸長脖子，望眼欲穿地等待王子出現。

「這位小姐，要來杯飲料嗎？」

突然有人向小紅帽搭話，小紅帽嚇得差點跳起來。有個單手捧著托盤的男人正站在她們跟前。

「好啊，謝謝你。」

灰姑娘說道，從托盤上拿起兩杯酒。男人行個禮走開了，灰姑娘默默將其中一杯酒遞給小紅帽。小紅帽喝了一口紅色的飲料，讓心情平靜下來。衣香鬢影的光景固然令她神往，但心臟還是怦怦地跳得飛快——剛剛才藏好的屍體。小紅帽多希望那只是一場夢。

灰姑娘說她認識那個男人。名叫漢斯，是這一帶無人不知、無人不曉的製炭工人。獨自住在森林裡的小木屋，製炭之餘也燻製一些鹿肉或兔肉來賣。

就算是漢斯無聲無息地突然衝出來，肇事的依然是撞死他的馬車。不用想也知道馬車的主人——灰姑娘和小紅帽難辭其咎。雖然良心不安，但為了達成此行目的，絕不能讓旅途結束在這裡，所以小紅帽也學灰姑娘脫下禮服和玻璃鞋，一起將屍體搬到路邊的草叢裡。

每天晚上九點，國王的軍隊都會去森林巡邏。為了不讓士兵發現，她們埋好屍體後，再蓋上枯葉。一切都在黑老鼠車伕手上的提燈微弱光線下進行，幸好當時沒有人經過森林。但僅穿著內衣的灰姑娘和小紅帽都搞得灰頭土臉。

「只要穿上禮服就能遮住了。」

一切安置好後，灰姑娘說道，跳上南瓜馬車。她們在又開始前行的南瓜馬車裡穿回禮服。當用手帕擦掉沾在臉上及手上的泥土時，馬車剛好抵達城堡。

兩人讓車伕留在停車場，爬上五十多階的樓梯，默不作聲地走進舞會的會場。橫亙於兩人之間的沉默，就像是種誓言：我們絕不能把剛才森林裡的祕密告訴別人。

「啊！」

把杯子湊到嘴邊，環視著賓客的灰姑娘突然失聲驚呼。躲到個子比自己矮的小紅帽背後，蹲低身體，似乎想把自己藏起來。

「怎麼了？灰……不對，雪莉。」

「那個穿藍色禮服的女人是我繼母，穿綠色禮服的是安妮姊姊。」

定睛一看，她口中的那兩個女人正在分食盤子裡的雛雞，笑得很猙獰。藍色禮服的年長女性頂著一張臃腫的胖臉，就像還沒進爐烘烤的麵糰；綠色禮服的女性相較之下瘦得多，個子也比較高，感覺像螳螂學校的數學老師。

「我得小心別被發現了。」

小紅帽不禁莞爾。藏起製炭漢斯的屍體時表現得那麼冷靜的灰姑娘居然也有膽小如鼠的一面，實在有點可笑。

「放心吧。妳是雪莉，不是灰姑娘。再說了，今天所有來參加舞會的女性中，妳是最美的。」

這不是恭維也不是場面話，灰姑娘真是美得出眾。小紅帽深切地感受到，從剛才開始，男人的視線全都往她們這邊集中。

「相較之下，妳的繼母和姊姊長得還真抱歉啊。王子肯定不會看她們一眼。」

小紅帽鼓勵著灰姑娘時，腦內突然閃過一個問號。

「雪莉，妳不是有兩個姊姊嗎？」

「瑪歌姊姊最喜歡蛋糕了，所以可能在甜點那桌。」

都來參加舞會了，比起跳舞，居然先進攻甜點，真是不解風情的女人……小紅帽嗤之以鼻，但內心也冒出「好想吃甜點」的念頭。

這時，在高一階處準備的交響樂團開始演奏，賓客紛紛停止交談，望向正前方的舞台。

兩位男士隨著優雅的旋律，從布幕後面現身。戴著皇冠，長著銀色的頭髮與鬍子，看起來十分有派頭、充滿威嚴的男士大概是國王。身材高䠷，長得非常英俊的王子穿著一身雪白的晚禮服，站在他旁邊。

怎麼有這麼完美的人啊……小紅帽一時看得出神。

俊美的容顏與勻稱的體格就像從古代的神話裡走出來，全身上下散發出夢幻的氣質，甚至給人一種他演奏的音樂都會化成流星、他騎的馬都會變身飛馬的錯覺。

「今晚歡迎各位大駕光臨月光城堡的舞會。」

國王以中氣十足、讓人聯想到熊吼的音量說道。

「今晚的舞會同時也是為了替王子選妃。如果王子邀舞，各位年輕姑娘請千萬不要客氣，歡迎與王子共舞。王子，請選擇你的第一位舞伴。」

王子有些靦腆地輪流打量賓客們，沒多久，視線停下來了。小紅帽很清楚，王子的視線看似望向自己，但其實不是。

王子走近，伸手邀請的對象想當然耳是站在小紅帽旁邊的灰姑娘。

「妳願意與我共舞嗎？」

「願意……」

王子握住灰姑娘怯生生伸出來的手——那一瞬間，交響樂團開始演奏圓舞曲，兩人優雅地轉圈。周圍的女孩也各自找到對象，翩然起舞。

「妳願意與我共舞嗎？」

也有人邀請小紅帽。那名男士看上去應該是國王的護衛，五短身材又矮又胖，長相也很抱歉，完全不是小紅帽的菜，但也不好意思拒絕。

小紅帽握住對方的手，有樣學樣地移動雙腳。問題是，小紅帽從未跳過舞。因為與母親住在森林旁邊的小村莊裡從沒舉辦過如此優雅的舞會。

小紅帽覺得自己不會跳舞很丟臉，為自己感到很害羞。

「別擔心，交給我。」

矮冬瓜溫柔地微笑，教小紅帽跳舞。小紅帽起初不怎麼投入，但也逐漸打開心防，把身體交給他帶領。結果不知怎麼搞的，雙腳居然自然而然地動了起來。不愧是在城裡工作的人，看來跳舞也是教養的一部分。就連長得這麼醜的男人，也變順眼了，舞會真是不可思議。

「哇！」

一旁跳舞的女生摔了一跤。看到她的腳，小紅帽愣了一下。

「那個人跟我一樣穿著玻璃鞋。」

絕對沒錯。是波西米亞的女巫特克拉變的玻璃鞋，連款式都一模一樣。

「不只她喔。」

矮冬瓜樂不可支地說。

「那位女士和那邊那位小姐也是。」

小紅帽邊跳舞邊觀察周圍女性的腳。沒想到幾乎有一半的女性都穿著玻璃鞋，真令人驚訝。

「眼睛再銳利的老鷹也比不上女人挖掘流行元素並跟風的能力呢。」

矮冬瓜開玩笑地說，小紅帽只能「對呀」地報以含混過去的笑容，想起那位名叫特克拉，感覺還有點稚氣未脫的女巫。

——我剛才也幫另一個想去舞會的女孩變了一雙玻璃鞋。

——我的幸福就是讓全世界的女人都得到幸福。

得知今天有舞會後，特克拉肯定到處宣揚，把自己拿手的玻璃鞋送給女孩們。

但至少不要都同一個款式嘛，小紅帽在心裡抱怨。

她尋找灰姑娘的身影，想知道她在做什麼，發現她正與王子四目相交，有如在冰上滑行似地跳著圓舞曲。

真的好美啊。

這是小紅帽的真心話，真心到忘了對特克拉的不滿。我也想跟更帥氣的男人跳舞……

「謝謝你。」

趁著曲目更換時，小紅帽向矮冬瓜道謝，離開還想繼續跟她跳舞的矮冬瓜身旁，等待其他男士的邀請。

「小姐，請與我共舞。」

馬上就有人上勾了，是個比矮冬瓜俊俏一點的男人。拜矮冬瓜的指導所賜，小紅帽對舞蹈稍微有了一點自信，樂在其中。沉浸在小提琴及鋼琴的優雅旋律裡，忘了時間，也忘了屍體的事——

「陛下！」

嘶啞的嗓音響徹整個宴會廳，不知持續了多久呢；音樂戛然而止，全場舞蹈也戛然而止，空氣彷彿結冰了一般。

有個身穿鎧甲的士兵發出咔嚓咔嚓的聲響走進來，身上散發著與舞會格格不入的肅穆，頭也不回地走向坐在舞台中央的寶座上、正看著舞會進行的國王。小紅帽的內心一下子緊繃起來。

士兵蹲在國王腳邊，不知跟國王說了什麼悄悄話。國王的臉色頓時變得鐵青，與士兵交頭接耳地談了一會兒後，倏地站起來。

「各位！不好意思，舞會必須暫停。剛才森林裡發現了一具屍體，是我的臣民——製炭漢斯的屍體。」

小紅帽一口氣從夢中世界被拉回現實。

5

「漢斯的額頭有馬蹄形的傷痕，後腦勺則留下不曉得撞到什麼東西的痕跡。從傷勢來看，可能是被馬車的馬踢到額頭，倒下時再撞到地上的石頭，當場斃命。」

國王接著說：

「屍體被移到路邊，上頭還蓋著枯葉，顯然有人故意把屍體藏起來！幸好巡邏兵火眼金睛發現了。」

小紅帽看了灰姑娘一眼，灰姑娘也正臉色蒼白地看向她。賓客們的竊竊私語愈來愈大聲。

「想必很多人知道，漢斯會上繳木炭和煙燻食品給城堡。漢斯燻製的食品在鄰近諸國也大受好評，是外交與貿易不可或缺的利器。如今漢斯死了，對我月光國利益的損失是多大呀！」

小紅帽發起抖來。沒想到是這麼重要的人物……

「殺害漢斯的馬車主人應該就在你們之中，立刻出來自首！」

直到方才還是人間樂土的宴會廳，如今已變成無路可逃的牢籠，沉默的恐懼令人膽戰心驚。傻瓜才會自首。

看到這情況，剛才那位士兵又開始在國王耳邊竊竊私語。國王點點頭，大聲宣布：

「從現在開始，我們的士兵會一一檢查今晚來到這座城堡的所有馬車！沾有血跡的車主就是殺害漢斯的凶手！」

彷彿有人從背後潑了她們一盆冷水，灰姑娘一臉被判死刑的表情。

短短不到一分鐘後，舞會的客人與士兵一起魚貫下樓。馬車一輛挨著一輛停在城牆邊，粗估大約有四十輛。車伕個個一臉茫然。巡邏兵曾幾何時已經帶著四個屬下，五個人一輛一輛地檢查馬車。

小紅帽與灰姑娘掩人耳目地迅速走向南瓜馬車。兩人抵達城堡的時候，舞會就快要開始了，所以馬車停在離階梯最遠的地方。萬一真的沾到血，一定要馬上擦掉。

「發生什麼事了？」

她們衝到南瓜馬車前，黑老鼠車伕一骨碌地從座位跳下來問道。兩人簡短轉述國王的命令。聽到漢斯的屍體被發現時，車伕吃了一驚，全部聽完後又露出暴牙，嘿嘿竊笑，把手放在其中一匹白馬的脖子上說：

「這傢伙的腳確實沾到血，但我已經幫牠洗乾淨了。」

「什麼？」

「無巧不巧，那邊就有泉水。我用嘴巴含著水回來，吐在這傢伙腳上，幫牠洗腳。當然沒被其他車伕發現。不僅如此，車身也噴到一點血，這部分就無法洗乾淨了。」

順著黑老鼠車伕的視線看過去，只見南瓜馬車的車身凹了一小塊。

「我把沾到血的地方咬掉了。」

「老天，好聰明的老鼠。」

灰姑娘情不自禁地抱住黑老鼠車伕。小紅帽鬆了一口氣，差點跌坐在地上。可是還不能鬆懈，或許巡邏兵還有別種方法發現撞死漢斯的是這輛馬車。

「話說回來，我們沒有時間了。」

黑老鼠車伕說出另一件令小紅帽掛心的事。

「芭芭拉女巫對我們施的魔法一到十二點就會失效。」

就是這麼回事。小紅帽連忙抬頭仰望城堡的鐘塔，時間已經過了十一點。

「不妙，得趕快回去了。」

小紅帽正要跳上馬車，灰姑娘阻止她。

「如果現在離開，等於是要別人懷疑我們。萬一士兵追上來抓我們怎麼辦？」

這麼說也是。兩人只能認命地留下來乾等。

又過了四十分鐘，巡邏兵才檢查到南瓜馬車。為了仔細地檢查有沒有形跡可疑的馬車，五個人看起來都已經累壞了。

「果然都沒有血跡呢。」

他們作夢也沒想到，血跡其實是被泉水洗掉了。

「隊長！」

一位士兵跑過來。

「國王找你。御醫檢查漢斯的遺體後，好像有什麼新發現。」

儘管時鐘已經指向十一點四十五分，但小紅帽與灰姑娘無論如何都想知道有什麼「新發現」，因此和巡邏兵一起回到樓梯下方。

滿臉不安的賓客圍成一圈，國王與王子，還有一個戴著圓眼鏡，個頭矮小的老人站在人群正中央。此人應該就是御醫。

「啊……嗯……關於剛才搬運回來的漢斯遺體……」

御醫賣著關子，開始報告。

「啊……嗯……根據血液凝固程度判斷，後腦勺的傷口應早於額頭的傷口。」

什麼意思……？小紅帽不由自主地望向灰姑娘。

「而且力道很大。啊……嗯……漢斯大概是先從後面被重擊致死，過了一段時間才被馬車輾過。」

「確定嗎？」

國王搶在巡邏兵前面詢問御醫。御醫誠惶誠恐地用力點了兩下頭。

「啊……我猜大概是傍晚，嗯……應該是天黑前就死了。」

也就是說……漢斯無聲無息地出現在馬車前就已經死了。

太過匪夷所思的事實令小紅帽陷入混亂。就像外西凡尼亞的怪物那樣，已經死了還在人世間徘徊嗎？

「那個……請恕我僭越，國王陛下。」

這時，有人從眾賓客裡挺身而出。頂著一張腫脹慘白的臉，活像還沒進爐烘烤的麵糰，是灰姑娘的繼母伊莎貝拉。國王露出詫異的表情。

「燒炭漢斯深得國王陛下的信賴，所以實在難以啟齒。」

「說來聽聽。」

「那個男人都年過四十了，還垂涎年輕貌美的女孩，利用自己未婚的身分，經常把小姑娘強拉進製炭小屋裡毛手毛腳。」

小紅帽聞言大驚，但其他人似乎並不意外。

「真的嗎……？」

小紅帽小聲地問灰姑娘，灰姑娘回答：「我也不知道。」

伊莎貝拉接著說：

「漢斯仗著自己受到國王陛下的器重，命令女孩們不許說出去。所以這裡應該有很多人對漢斯恨之入骨吧。」

「漢斯他……真不敢相信。說謊可是重罪喔。」

「我、我、我沒有說謊。我敢對天地萬物發誓，我說的都是事實。」

伊莎貝拉嚇得縮成一團。這時有個意想不到的人物為她撐腰。

「父王，關於漢斯這個人，其實兒臣也有話要說。」

是王子，所有人都看著他。

「漢斯昨天送煙燻食品進城的時候，順道來找兒臣。」

——想必有很多貌美如花的女孩會來參加明天的舞會吧，真令人羨慕啊。

最離譜的是，漢斯居然對王子說：「分一、兩個給我吧。」王子也聽得出來那句話是什麼意思，嚴詞拒絕，漢斯反而笑得一肚子壞水的樣子。

「為什麼不叫人處理？叫人的話，就能把漢斯趕出去了。」

「因為……漢斯握有兒臣的把柄。」

「把柄？」

王子有些遲疑地低垂視線，然後露出終於下定決心的神情，看著國王說：

「對不起，五年前是兒臣害死了父王心愛的天鵝。」

王子說他不小心把用來消滅害鳥的毒餌撒在池塘裡，一天之內就毒死了所有的天鵝。國王氣得發狂：「是誰幹的好事？給我拖出去斬了！」嚇得王子不敢說實話。

「兒臣將毒餌撒進池塘的時候，被躲在暗處的漢斯看到了。從此以後，他有事沒事就來勒索兒臣。」

「居然有這種事……」

國王以夾雜著震驚與憐憫的表情看著王子。

「我已經不為天鵝的事生氣了。」

「真的嗎？父王。」

「都已經是五年前的事了，怪罪你也無濟於事。話說回來，你沒有答應漢斯那個下流的要求吧？」

「當然沒有。不過做為交換條件，我答應把一直視若珍寶、鑲著藍寶石的佩劍送給他。」

「你把佩劍送給他了？」

「本來是。我原本答應今天下午四點半左右派人送去小屋給他。可是到了今天，我突然捨不得那把佩劍，所以沒遵守約定派人送去給他。因此直到舞會開始，我始終擔心漢斯會不會突然闖進來，擔心得不得了，怎麼也沒想到他會變成一具屍體被送來……」

所有人都很同情王子的遭遇。

「父王，還有聚集在這裡的各位，聽完我剛才說的話，想必各位都認為我有殺害漢斯的動機。但我對天發誓，我絕對沒有這麼做。」

「夠了，我明白了。」

國王平靜地說。

「你今天一天都在練習舞會的舞蹈。除了我以外，還有很多人可以作證。

你應該沒有時間殺死漢斯。」

所有人都靜靜地放下心中大石。

「王子殿下不可能殺人。」

灰姑娘以不容置疑的語氣說道。她的聲音吸引了王子的視線，王子對她微微一笑。

這時——

噹——噹——

小紅帽望向鐘塔。

長針與短針不偏不倚地重合在「12」上！小紅帽與灰姑娘連面面相覷的時間都沒有，頭也不回地衝向南瓜馬車。

「等一下！」

王子追了上來。

「對不起，王子殿下，我們必須回去了。」

灰姑娘邊跑邊以心痛的聲音吶喊。

噹——噹——

無情的鐘聲繼續響起。兩人跳上南瓜馬車，關門。王子追上來，巴著窗戶說：

「至少告訴我妳的名字。」

對不起。灰姑娘搖頭。小紅帽想起特克拉傳授的戰術，拍了拍灰姑娘的左膝。灰姑娘露出恍然大悟的表情，脫下左腳的鞋子。

噹——噹——

「這給你！」

灰姑娘將玻璃鞋遞給王子後，黑老鼠車伕立刻「嘿咻！」一聲地揮下馬鞭，馬車以飛快的速度往前疾駛，經過啞口無言的賓客面前，離城堡愈來愈遠。

噹——噹——

鐘聲已經響了幾下呢？必須在響完最後一聲前盡量離城堡遠一點。眼下只能拚命趕路，沒空沉溺在感傷的情緒裡。

「黑老鼠，不要進森林，去小溪那裡！」

灰姑娘大喊。馬車立刻左轉九十度，披星戴月地往前跑。

噹──噹──

特別響亮的最後一聲鐘響結束時，小紅帽摔在草地上。眼前只有明亮的提燈（只有這個是灰姑娘從倉庫帶來，沒有施魔法的東西）和髒兮兮的南瓜、一隻黑老鼠、四隻白老鼠、以及衣衫襤褸的灰姑娘。

6

直到剛才都還光燦耀眼的世界，簡直就像發生在遙遠國度的童話故事。小溪潺潺流過夜色，彷彿要將水從這份寂靜運送到那份寂靜裡。小紅帽與灰姑娘沿著小溪，赤腳走在岩石上。

「抱歉啊，快到了。」

走在前面的灰姑娘說道。

「不用擔心我，夜裡的溪邊倒是很舒服。」

小紅帽說是這麼說，但其實已經累得不成人形。除了不常跳舞又跳得太起勁以外，加上自從漢斯的屍體被發現後緊接而來的混亂，腦筋已經纏成一團亂麻了。

「王子真的會來找我嗎？」

「一定會的。」

小紅帽充滿信心地回答。

波西米亞的女巫——特克拉的戰術極為單純。只要離開城堡時留下一隻玻璃鞋即可。想再見灰姑娘一面的王子，第二天一定會帶著玻璃鞋走訪家裡有年輕女孩的人家。就算腳一樣大，也只有第一個穿的人才能套進特克拉施了魔法的玻璃鞋，因此就算是蓬頭垢面的灰姑娘，只要能穿上那隻玻璃鞋，就能證明自己是王子的意中人。

多麼完美的作戰計畫啊。明天的此時此刻，王子就會接灰姑娘進城，甚至可能會封她為王妃。一想到這裡，不禁感慨萬千，或許這是她最後一個衣衫襤褸的夜晚了。

小紅帽想到這裡，灰姑娘突然一躍而過某樣東西。

「這裡有荊棘的藤蔓，小心不要踩到。」

「了解。」

小紅帽雙手捧著玻璃鞋，也跳過荊棘的藤蔓。

剛才灰姑娘命還是車伕的黑老鼠避開往森林的路，朝小溪的方向前進，想必就是為了避開荊棘。森林裡到處長滿了這種有刺的植物，只剩下一隻玻璃鞋的灰姑娘將寸步難行。另一方面，小溪旁邊的岩石光滑又沒有荊棘，很好走。這大概是因為安妮姊姊經常要灰姑娘去採覆盆莓，由經驗產生的智慧。反而是穿著玻璃鞋的小紅帽在岩石上寸步難行，所以她也學灰姑娘光著腳丫。

「又有荊棘了。」

「好的。」

小紅帽身輕如燕地跳過荊棘，荊棘的前端泡在小溪裡，好像勾到什麼白色的東西，載浮載沉。那是什麼……小紅帽正要仔細看的時候——

「關於漢斯的死啊……」

走在前面的灰姑娘突然開口。

「國王應該不可能知道是被我們的馬車輾過的吧？」

「應該不可能，但如果實際拿他頭上的蹄印與真的馬蹄比對，就難說了。」

但那是不可能的，因為四匹白馬都已經變回白老鼠。南瓜也破碎，被溪水沖走了。

「那個醫生說漢斯還沒被馬車撞到就死了，是真的嗎？」

「天曉得。」灰姑娘聳聳肩。「如果是那樣的話，就表示漢斯不是我們殺的。」

「可是，如果是那樣的話，又是誰殺了漢斯？」

「不知道。無論如何，世界上已經沒有任何蛛絲馬跡可以將我們與漢斯的屍體連起來，所以就別想了。」

只有五隻老鼠躲在灰姑娘衣服的口袋裡聽著她們對話。

兩人就此沉默，沿著小溪走了五分鐘左右，來到小紅帽初次遇見灰姑娘的平坦岩石上，然後繼續默默無語地走到灰姑娘的家。屋裡沒開燈，看來繼母和姊姊們還沒回來。舞會通常會徹夜進行，所以應該又重啟了。

「請進。」

灰姑娘推開倉庫的門，霉味刺痛了小紅帽的鼻子。在提燈的照明下，小紅帽看見門邊有個小木架，似乎是鞋櫃，但上面什麼也沒有。

「抱歉吶，連床都沒有。」

灰姑娘筋疲力盡地倒在稻草上，小紅帽也在她身邊躺下。

「晚安。」

灰姑娘輕聲說道，吹熄提燈。

「晚安。」

小紅帽閉上雙眼。

7

灰姑娘已經進入夢鄉，小紅帽卻怎麼也睡不著。身體十分疲累，但大腦異常清醒。充斥在倉庫裡的霉味也令她無法入眠。

小紅帽也不是什麼有錢人家的大小姐，從小住在森林旁邊的小村子，躺在用木頭組成的床架上睡覺，蓋的薄被幾乎只能說是大條一點的手帕。

儘管如此，自己家還算乾淨。仔細想想，這種倉庫原本應該是用來飼養牛馬的地方，根本不是人住的。小紅帽再次對灰姑娘的遭遇感到萬分同情。

轉換一下心情，出去走走吧。

她摸索著穿上玻璃鞋。從籃子裡的餅乾底下取出火柴，點燃，找到提燈，點亮。

走出倉庫，四下無人。周圍有些零星的住戶，但不知是皆已沉沉睡去，還是尚未從舞會返家，四周一片死寂。森林那邊呢？小紅帽有些好奇。

沒多久就走到森林的入口。

黑暗中好像聽到有人說話的聲音。

「誰？」

小紅帽覺得詭異。只見有個黃色的影子搖搖晃晃地從森林裡走來。

「咦？欸？」

那個影子看到小紅帽，立刻眼睛一亮，噠噠噠地跑過來。脖子圍著狐狸尾巴製成的圍巾，身上穿著黃色禮服，是個個頭嬌小的女人。

「救救我！」

「咦？欸？呃？」

女人一把抓住小紅帽的肩膀。

「噫！」

小紅帽尖叫。對方頭髮蓬亂、額頭有一道血跡、眼睛底下掛著黑眼圈。惡魔——這個字眼掠過腦海，嚇得她動彈不得。

「妳、妳是誰？」小紅帽好不容易從恐懼中擠出一句話。

「我叫瑪歌。有人在追我！」

瑪歌……小紅帽花了幾秒鐘才想起這個名字。

「妳是灰姑娘的二姊？」

「妳認識灰姑娘？」

「認識，我們是朋友。」

「灰姑娘居然有朋友……算了，這不重要。救救我。城堡的士兵正在追我。」

「他們幹嘛要追妳？妳做了什麼？」

瑪歌凝視小紅帽，豆大的淚珠從她眼裡滑落。

「我殺了人……」

「什麼？」

「我殺了製炭漢斯。」

意料之外的自白令小紅帽悚然心驚。

「今天中午，漢斯寫信給我，信上寫著：『我收到世上最美味的蛋糕，特別分妳一點吧。傍晚四點過後，我在家裡等妳。』我對蛋糕實在沒有抵抗力，所以四點過後去了漢斯的小屋，結果被漢斯偷襲了。」

「偷襲？」

小紅帽想起來了，伊莎貝拉曾經說過，漢斯喜歡年輕小姑娘。

「我才推開小屋的門，漢斯就從背後攻擊我，而且攻擊我的石頭似乎就掉在我跟前。我快暈過去了，但仍想回頭看，就在這個時候又被打了一下。後來的事我不太記得了……總之醒來時頭很痛，妳看這邊……」

小紅帽用提燈照亮瑪歌的頭，她的頭上有個比較大的傷口和比較小的傷口。

「當我醒來，漢斯倒在我跟前，已經沒有呼吸了。旁邊是沾血的石頭，還有這個……」

瑪歌給小紅帽看一樣東西。那是一條鑲著綠色寶石的項鍊。

「這個是？」

「這是我媽很寶貝的翡翠項鍊，她本來想戴去參加舞會，沒想到居然出現在漢斯屍體的口袋裡。應該是漢斯偷走的。我被他攻擊，失去意識後，應該沒多久就醒來，我應該恨透了漢斯，應該是我用石頭……」

「應該、應該、應該……講得這麼不確定，不是妳自己的行為嗎？」

「我不記得了嘛。」

淚水再度從瑪歌的眼眶滑落。

「可是再怎麼想，除了我也沒有別人了！」

看得出來她非常慌亂。

「冷靜點，瑪歌。妳發現漢斯死後，做了什麼？」

「我知道我必須掩蓋罪行，所以在小屋的周圍走來走去，發現燒炭的窯附近有輛手推車。我用手推車把漢斯運到森林裡，扛著漢斯躲在路邊的樹木後面，等馬車出現。」

小紅帽恍然大悟。

「為了讓漢斯看起來像是被馬車輾斃嗎？」

「是的。我把漢斯推到好不容易送上門來的馬車前。聽見馬踢到漢斯的聲音後，頭也不回地衝進森林。」

她口中的那輛馬車想必就是小紅帽和灰姑娘坐的南瓜馬車。黑老鼠車伕驚慌失措的同時，印象中灰姑娘好像正看著森林深處的樣子，或許是察覺到瑪歌逃走的痕跡也說不定。小紅帽繼續問瑪歌：

「然後呢？」

「然後我本來要去參加舞會，但實在提不起勁，擔心萬一被國王發現怎麼辦？也不想回家，就繼續待在森林裡，結果被巡邏兵發現了。我一鬆懈下來，就說出到底發生了什麼事。但一想到被捕後不曉得會受到什麼待遇，又覺得很害怕，於是……」

瑪歌說到這裡時——

「找到了！」

大批男丁跑過來。

「救命啊！」

瑪歌六神無主，抓向小紅帽的臉。

「好痛！妳發什麼神經啦！」

小紅帽下意識地扭住瑪歌的手臂。她從沒做過這種事，但也不知道為什麼，竟能牢牢扣住瑪歌的手臂。將瑪歌交給隨後趕到的士兵。

「她就是你們要找的人，快把她帶走吧。」

「怎麼這樣，妳不是說要救我嗎！」

「我才沒這麼說過！」

小紅帽拍拍袖子。

「妳這個騙子！無情的傢伙！救命吶！救命吶！」

瑪歌有如被活捉的恐龍大吼大叫，被負責巡邏的士兵帶走了——這時，小紅帽看到瑪歌的圍巾上有個閃閃發光的東西，令她耿耿於懷。

她胸口閃爍的東西是什麼？

其實看到瑪歌頭上的傷口時，小紅帽心裡就卡了一根刺似的。不，她從更早以前就覺得哪裡怪怪的。

「謝謝妳的幫忙。」

聽到聲音回頭看，有個跟軍隊一起來抓人，但穿著與其他人截然不同的男士還沒走。小紅帽用提燈照亮那個站得直挺挺的男人，差點「啊！」地喊出聲音來。因為那人正是與她在舞會上一起跳舞的矮冬瓜。

「我是國王的侍衛長，妳是？」

他似乎沒發現小紅帽就是和自己共舞的人。這也難怪，當時小紅帽穿著華服，打扮得很漂亮。不過侍衛長聽起來好像是地位很高的人。

「我是小紅帽。」

「小紅帽啊。真的非常感謝妳。這麼一來我就能向國王交待了。」

他大概是指順利抓到殺死漢斯的人吧。可是小紅帽並不這麼認為。

「真的是那個人幹的嗎？」

小紅帽問他，矮冬瓜侍衛長反問：「什麼意思？」

「瑪歌頭上的傷口。那不可能是自己弄的，一定是別人打的。瑪歌因此昏了過去，倒在地上。」

「不是被漢斯打的嗎？」

「如果是漢斯打的，又是誰打破漢斯的頭？」

感覺就像自問自答。會不會昏迷後又醒來、記憶錯亂的瑪歌以為是自己做的，但攻擊漢斯的凶手其實另有其人。不僅如此，瑪歌說漢斯偷了伊莎貝拉的項鍊，但漢斯能那麼輕易地溜進她們家偷東西嗎？倘若偷走項鍊的人並非漢斯……

「咦？」

那一瞬間，至今感到許多不對勁的碎片全都在小紅帽的腦子裡組合起來了。然而這一切還只是她的憶測，沒有任何證據。

「侍衛長大人。」

小紅帽稍微思考了一下，提出邀請：

「你願意陪我在夜裡散散步嗎？」

侍衛長露出訝異的表情，沒多久便喜上眉梢地微笑回答：

「這是我的榮幸，小紅帽。」

8

天很藍。

空氣很乾淨，微風宛如精靈的氣息般輕撫臉頰。小鳥在空中嬉戲，耳邊傳來牛隻悠閒的鳴叫聲。

溪水潺湲、日光和煦、綠意盎然。真是個美麗的國家啊，倘若沒發生那樣的命案——小紅帽穿著玻璃鞋，慢條斯理地走向一戶人家。

有個女孩正把床單晾在從倉庫延伸到附近樹上的竹竿上，身上穿著滿是補丁的衣服，是灰姑娘。

「早安。」

小紅帽向她打招呼。灰姑娘衝向小紅帽。

「妳上哪兒去了？我起來沒看到妳，擔心極了。而且妳連籃子都沒有帶走。」

小紅帽沒應聲，只是微微地提起肩膀。

「這不重要。重要的是今天一早，巡邏兵來家裡，告訴我一個驚人的消息。殺死漢斯的凶手居然是瑪歌姊姊！」

灰姑娘激動得有如火山爆發。

「聽說姊姊昨天去舞會前，禁不起蛋糕的誘惑，去了漢斯的小屋。在小屋裡受到漢斯的攻擊，反過來殺了漢斯。為了讓漢斯的屍體看起來像是被馬車輾過，從樹林後面把漢斯推到我們的馬車前。」

灰姑娘滔滔不絕，完全不給小紅帽插嘴的機會。

「繼母和安妮姊姊大受打擊，臥床不起，我卻放心了。漢斯果然在被白老鼠變成的馬踢到以前就死了，不是我們的錯！」

「灰姑娘，妳的手為何這麼多細細的傷痕？」

小紅帽不理會灰姑娘的滔滔不絕，反過來問她。灰姑娘被她問得一臉錯愕，視線落在自己手上。

「我昨天也說過啦，這是去採覆盆莓的時候弄傷的。因為路上有很多荊棘嘛，有什麼問題嗎……」

「灰姑娘，妳為何打赤腳？」

「因為我沒有鞋子穿啊。我不也說過，我的鞋子被安妮姊姊丟掉了。為什麼現在還要問這個……」

「灰姑娘，」

小紅帽豎起食指，指著灰姑娘。

「妳的犯罪計畫為何如此粗糙？」

灰姑娘閉上嘴，直勾勾地盯著小紅帽。毒蛇般的眼神冷靜得嚇人。過了一段有如冰封的時間，灰姑娘以鎮定的語氣回答：

「妳在說什麼呀？我聽不懂。」

「謝謝妳幫我保管籃子。」

小紅帽逕自走進倉庫，灰姑娘只是眼也不眨地盯著她看。

小紅帽拿起籃子，走出倉庫時，剛好聽見啪嗒啪嗒的馬蹄聲。鑲滿了黃金和寶石的豪華馬車——矮冬瓜侍衛長和軍隊一起來了。

馬車停在兩人面前，開門，王子從裡頭現身。筆挺的藏青色軍服與黃色臂章相得益彰，與晚禮服的氣質不太一樣，但還是很帥。

「王子殿下……」

剛才還像條蛇的眼神不知道消失到哪裡去了，灰姑娘恢復戀愛中少女的表情。侍衛長往前跨出一步。

「王子殿下在尋找這隻鞋的主人。」

侍衛長以故弄懸虛的語氣說道，拿出只有左腳的玻璃鞋。

「聽說只有真正的主人才能穿上這隻玻璃鞋。女孩，報上妳的姓名。」

「我叫灰姑娘。」

「灰姑娘啊，伸出妳的左腳。」

灰姑娘點點頭，稍微提起裙襬，伸出左腳。表情十分緊張。同時也流露出一切都是為了這個瞬間的成就感與希望。

侍衛長將玻璃鞋放在她跟前。灰姑娘把美麗的腳套進鞋子裡——簡直就像是被吸進去的一樣，她的腳分毫不差地套進玻璃鞋裡。

「剛剛好！」

侍衛長向王子報告，王子人步流星地走到灰姑娘面前，凝視她的臉。灰姑娘的眼瞳濕潤，彷彿已經預見了幸福的未來。

至此，王子終於開金口。

「將這個女孩——抓起來！」

「什麼？」

士兵們立刻以敏捷的動作抓住灰姑娘的手臂。

「為、為什麼要抓我……」

「灰姑娘，這隻玻璃鞋並不是妳昨天交給王子殿下的那隻，而是從埋葬鴿子的地方挖出來的玻璃鞋。」

小紅帽的補充讓灰姑娘的臉色幡然大變。

「當然連右腳也一起挖出來了。侍衛長大人。」

侍衛長拿出事先藏起的另一隻玻璃鞋。鞋跟的部分缺了一角。

「初次見面時，令我覺得很奇怪的是妳提到安妮姊姊。那麼喜歡覆盆莓果醬的人，怎麼可能丟掉妳的鞋。因為丟掉妳的鞋，就意味著妳無法再進入滿是荊棘的森林。再怎麼壞心眼，應該也不會做出那麼輕率的舉動。妳之所以光著腳，其實有別的原因。妳在遇見我之前，就已經讓僅有的一雙鞋變成玻璃鞋了吧？」

「妳在胡說八道什麼。」

灰姑娘臉上露出扭曲的笑容。

「我有人證喔。不對，應該說是巫證喔。」

「妳說的是我嗎？」

頭上閃過一道光芒，波西米亞的女巫，特克拉翩然降臨。王子與侍衛長皆屏住呼吸，在一旁靜觀其變。

「特克拉，是妳將這位衣衫襤褸的女孩的鞋變成玻璃鞋嗎？」

「是的。昨天我們在森林裡巧遇，我沒想到她和我後來在溪邊遇到那個穿著禮服的女孩子是同一個人。」

耳邊傳來「砰！」的一聲，這次是老女巫芭芭拉現身了。

「那當然。我的魔法足以讓人判若兩人。妳居然重複幫同一個人變了兩次玻璃鞋，真是蠢斃了。」

「說謊！這兩個女巫在撒謊。」

灰姑娘大叫。

「我沒有說謊！」

兩位女巫異口同聲地猛搖頭。小紅帽問特克拉：

「妳第一次幫她把鞋子變成玻璃鞋時，她在森林裡做什麼？」

「她正和一位綠衣服的大叔說話，臉色很難看。」

「大叔手中可有拿著什麼東西？」

「他拿著一串很漂亮的翡翠項鍊喔。」

小紅帽轉身面向灰姑娘。

「是妳偷了伊莎貝拉的項鍊吧？妳痛恨可以去舞會的繼母伊莎貝拉與兩位姊姊。為了洩憤，妳偷走伊莎貝拉視若珍寶的項鍊，打算藏在森林裡。不料被漢斯撞見了。漢斯大概是威脅妳『如果不想讓繼母發現妳偷東西，今後必須對我言聽計從』吧？」

漢斯告訴灰姑娘，王子四點半會派人送寶劍來給他，要她在那之後再去小屋一趟。

「一想到自己不曉得會有什麼下場就很害怕，可是讓伊莎貝拉知道妳偷東西也很可怕。既然如此，乾脆殺了漢斯……就在妳萌生這個念頭時，特克拉出現在妳面前。當妳穿上玻璃鞋，內心的殺人計畫也隨之完成。」

灰姑娘撇開視線。

「妳打算殺死漢斯，嫁禍給可恨的瑪歌。將假裝是漢斯寫的信交給瑪歌：『我有世上最美味的蛋糕，傍晚四點過後，我在家裡等妳』，自己則趕在那之前前往小屋，趁隙從背後用石頭打破漢斯的頭。」

然後灰姑娘躲起來，等瑪歌自投羅網。假使瑪歌「我才推開小屋的門，漢斯就從背後攻擊我」的記憶是正確的，灰姑娘肯定就躲在附近的樹後面。灰姑娘一開始的計畫是敲昏瑪歌，等到四點半，讓王子派來的使者同時發現瑪歌和漢斯的屍體。

「沒想到妳偷襲瑪歌的時候出了差錯。不僅沒有一次就打昏她，還失手讓石頭掉在地上。妳必須趕在痛到蹲下去的瑪歌看到妳的樣子之前先敲昏她，所以情急下脫下右腳的玻璃鞋，痛毆瑪歌的頭。這一敲雖然敲昏了瑪歌，同時也不小心敲掉玻璃鞋鞋跟的一角。」

小紅帽從口袋裡拿出玻璃碎片。灰姑娘杏眼圓睜地說：

「妳從哪裡……」

「就黏在瑪歌的圍巾上。妳找不到這塊碎片，擔心這證物後來調查時被找到。因為這塊碎片剛好就是妳的玻璃鞋缺損的那一角。其實只要丟掉玻璃鞋就好了，可是萬一被誰撿走也很麻煩。因為特克拉的魔法只能維持七天七夜。魔法一旦失效，重擊瑪歌的凶器就會變回妳的鞋子。這麼一來就知道凶手是誰了。」

小紅帽從侍衛長手中接過玻璃鞋。

「所以妳必須把這雙絕不能讓任何人看見的鞋子藏七天，於是把腦筋動到昨天剛死的鴿子之墓。就算是動物的墳墓，應該不會有人想挖開來看。我遇見妳的那天，妳剛埋好玻璃鞋。」

灰姑娘的無言意味著默認。

「雖說是為了湮滅證據，埋好玻璃鞋後，妳陷入兩難。因為妳只有一雙鞋，如今連僅有的一雙鞋都沒有了。這時有雙鞋順流而下，妳一定覺得是天上掉下來的禮物，只可惜那雙鞋的主人馬上就出現了。」

小紅帽微微一笑，指著自己。當時咕噥著「這是妳的鞋子啊」的灰姑娘確實相當遺憾的樣子。

「直到芭芭拉幫妳變出禮服之前，妳大概從沒想過自己可以參加舞會吧？當妳變美，相貌受到我們吹捧，頓時忘了繼母的虐待、姊姊們的壞心眼、被妳殺掉的漢斯、失去的鞋子……一切令妳擔心的事。」

「才怪！」

這時，灰姑娘突然大聲打斷小紅帽的話。

「妳說我從沒想過自己可以參加舞會？」

她用高八度的音量大笑。

「我當然想過啊。我從五歲就知道自己比其他女生漂亮好幾十倍。和我的美貌比起來，安妮大姊和瑪歌二姊簡直跟馬糞沒兩樣。穿上華美的禮服去城堡讓王子殿下一見鍾情本來就是我的權利。我只是得到了一個正當的機會，去爭取正當的權利罷了。」

王子聽見灰姑娘宛如變了一個人的內心話，露出彷彿看到什麼髒東西的眼神。小紅帽說：

「在妳所謂『正當的機會』背後，不斷發生各種意料之外的狀況，讓妳的計畫破綻百出。一是王子殿下捨不得送出佩劍，沒派使者去漢斯那裡。破壞妳打算『讓使者認定是瑪歌殺死漢斯』的計畫。沒想到只有一個人相信漢斯之死是瑪歌所為，那就是瑪歌本人。」

被打昏後，記憶模糊的瑪歌誤以為自己受到漢斯的偷襲、反過來殺害漢斯。

「瑪歌擔心被捕，用手推車將漢斯的屍體運到森林裡的路邊，企圖假裝成漢斯是意外死於馬蹄下。不料人算不如天算，經過那裡的馬車竟是我們的南瓜馬車。明明已經被妳殺死的漢斯居然出現在眼前，妳肯定嚇了一大跳吧！」

小紅帽想起灰姑娘當時脫口而出的「不會吧」，以及她露出咬牙切齒的表情。

「妳馬上想到那是瑪歌醒來後把漢斯運來棄屍，立刻開始動腦筋。而且妳確定瑪歌應該不知道是誰攻擊她。」

灰姑娘認為最好切斷她們與漢斯的往來，讓小紅帽變成共犯，幫她藏起漢斯的屍體。

「到了十二點，馬車、馬、車伕都會變回南瓜和老鼠，不會留下任何痕跡，所以妳毅然決然地參加舞會，也確實擄獲了王子殿下的心——然而，妳的計畫在這裡又出現了漏洞。巡邏兵發現漢斯的屍體。幸好車伕機警地洗掉南瓜馬車沾到的血液，否則妳的犯罪計畫真的很粗糙耶，根本是在走鋼索。」

小紅帽說到這裡，不禁啞然失笑。想起自己原本是共犯時的心情。

「南瓜與老鼠恢復原狀，妳總算放心了。瑪歌沒有現身舞會，也沒回家，所以妳猜她大概還在森林裡。回到倉庫，妳立刻睡著了。不知妳是期待瑪歌遲早會落網，還是作了王子殿下來接妳的美夢，但妳作夢也想不到後來走出倉庫的我會遇見瑪歌本人，還看到她頭上有兩個傷口吧——只有第一個穿的人才能把腳塞進玻璃鞋裡，對吧？特克拉。」

「完全正確。」

特克拉點點頭。小紅帽繼續對灰姑娘說：

「所以能穿上從鴿子墳墓裡找到的玻璃鞋的人就是凶手。可是如果直接要妳穿上這雙玻璃鞋，妳可能會拒絕。於是我請王子殿下幫忙。」

透過侍衛長，一早就向王子傳達這一連串的推理後，侍衛長向小紅帽回報：「王子很傷心，但仍願意協助。」

「妳不可能拒絕王子殿下準備的玻璃鞋吧。」

灰姑娘已經完全不掩飾犯罪者的表情，憤恨地瞪著小紅帽。看來已經不打算為自己辯解了。

「我只想知道一件事。」過了好一會兒，灰姑娘盛氣凌人地說：「我不認為妳這個小丫頭能說動王子殿下和巡邏兵。妳是怎麼說服他們的？」

「洗衣服。」

「洗衣服？」

「昨天我遇見妳的時候，妳在溪邊洗白布。但是和女巫回倉庫時，那塊白布不知道什麼時候消失了……說起來，只洗一塊白布，沒有其他東西，這不是很奇怪嗎？後來我猜，妳放棄洗掉那塊白布的污漬，直接放水流了。」

小紅帽昨晚與矮冬瓜沿著溪邊走向城堡，一起仔細搜索溪底。結果找到了被荊棘勾住的白布。

「是這個吧？」

其中一位巡邏兵攤開那塊布。那是一條邊緣已經綻線的圍裙，上頭沾著紅色的血跡。

「大概是攻擊漢斯時噴到的血吧。妳正想要洗掉的時候，我的鞋子漂了過來。」

灰姑娘把牙齒咬得嘎嘎作響，糟蹋了美麗的臉蛋。

王子十分遺憾地盯著灰姑娘好一會兒，命令士兵：「帶走。」

充滿威嚴的語氣讓人感覺不愧是未來的國王。馬車應聲關門。灰姑娘的雙手反綁在身後，由巡邏兵拖著走。

「真可惜，不能坐上王子殿下的馬車。」

小紅帽看著她的背影，喃喃自語。

「請問……」

聽見有人對她說話，小紅帽回頭。是矮冬瓜侍衛長。

「我從昨晚就在想了，妳該不會是在舞會上和我共舞的那位小姐吧？不嫌棄的話，待會兒要不要來城堡。城堡請了舞蹈老師，歡迎妳當我的舞伴……」

「不了，謝謝你的好意。」

小紅帽提起放在腳邊的籃子，嫣然一笑。

「我還得送餅乾和葡萄酒去修木哈根。」

「妳好聰明啊。」

這次換芭芭拉對她說。玻璃女巫特克拉曾幾何時已經不見了。

「我最喜歡妳這樣的人了。」

「真的嗎？謝謝。」

「這個給妳當護身符。」

芭芭拉遞給小紅帽一隻兔子腳。

「當妳遇到困難的時候，可以對天空舉起這個，呼喚我的名字。即使我在千里之外，也會馬上趕到妳身邊。」

小紅帽很懷疑自己真的會需要這位女巫的力量嗎？但還是順從地點點頭：「謝謝妳。」

小紅帽往下一個國度邁去。

腳下踩著魔法尚未失效的玻璃鞋。

第二章　崩壞的甜美密室

1

走在森林裡，耳邊傳來潺潺的流水聲。草叢沙沙作響，有個咖啡色的什麼飛向天空。

「哇！」

繼母蘇菲亞用力抓住漢賽爾的肩膀。

「不用嚇成那樣吧，繼母大人。那是斑點鶇啦。」

「哼！」

蘇菲亞一把推開漢賽爾，一臉難為情地猛揮手。

「我知道啊。這不重要，重點是那裡真的有很多金幣吧？」

「相信我們嘛。」

「等我親眼看到，自然就會相信你們了。話說回來，我實在很討厭森林。要是出現大野狼怎麼辦……哼，到時候只好丟下那小鬼，趁野狼享用她的時候逃走了。」

蘇菲亞看著走在前面的葛麗特，不當一回事地說。

妳這個貪心的死老太婆，要逞口舌之快也只能趁現在了。漢賽爾在心裡忿恨唸著。

「啊，就在那裡。」

葛麗特跑起來，漢賽爾追上去，蘇菲亞也慌忙地緊跟在後。

森林突然開闊起來，眼前是灑滿陽光的廣場。

「這真是……」

漢賽爾清楚聽到身旁的蘇菲亞倒抽了一口氣。這也難怪，因為眼前是一棟非常特別的房子。

形狀及大小都跟普通的山中小屋沒兩樣，但正面的牆壁是用威化餅砌成的，小巧的圓形窗戶是糖果，門是巧克力。側面的牆壁也是由餅乾構成，上頭還裝飾了大量可愛的馬克龍。煙囪是格子鬆餅組成，頂端則是有洞的鬆餅。

「好驚人啊。這真的是糖果屋嗎？我不是在作夢吧。」

「如果妳以為是在作夢，可以咬一口看看啊。門上的巧克力很好吃喔。」

「誰要吃風吹雨打日曬過的巧克力？趕快帶我進去。」

葛麗特握住巧克力門上的糖果門把，開門。蘇菲亞看見屋子裡的擺設，再度屏息。

正中央是有餅乾桌面的桌子和四張方糖椅子。左前方的牆壁是由巧克力製成、看起來很重的餐具櫃和流理台。正前方則是用較硬的餅乾堆成的火爐。

「這到底是怎麼回事？世上居然有這種房子？」

蘇菲亞不敢置信地說。

對於這棟房子的不可思議，漢賽爾草草帶過：

「──與其讚嘆這棟房子，不如打開那個火爐看看。」

蘇菲亞一臉不明白地掀開火爐的蓋子。

「噫！」

已經熄滅的火爐裡，有具烤得焦黑的女巫屍體。看起來慘不忍睹，但意外地沒有臭味。

「那是葛麗特幹的。」

「這個小鬼嗎？真是個可怕的孩子。」

對妳來說，真正的可怕接下來才要開始喔──漢賽爾心想。

「對了，金幣在餐具櫃的抽屜裡。」

「哦，是嗎？」

漢賽爾的話讓蘇菲亞眼睛一亮，打開餐具櫃的抽屜，絲毫沒發現餐具櫃與餅乾地板間夾著葛麗特常用的絲巾。

「太棒了！有了這筆錢，就能離開那個家徒四壁的房子，搬去城裡住了。」

蘇菲亞捧起抽屜裡的金幣，讓金幣從指間落下，欣喜若狂地大聲歡呼——果然是個俗不可耐的臭老太婆。

「啊，我的鞋帶鬆了。」

漢賽爾邊說邊蹲下去，抽走葛麗特的絲巾，一把從餐具櫃底下拉出兩條麻繩。他接著朝站在火爐前的葛麗特使了個眼色，葛麗特立刻繞過方糖椅子，跑去躲起來。

「喂，漢賽爾，這裡有沒有袋子？我們偷偷把金幣帶回去吧。」

蘇菲亞的口水都要流出來了，完全沒注意他們在做什麼。

「去死！」

漢賽爾一股作氣拉緊麻繩，順勢抽掉用來支撐餐具櫃的樹枝，餐具櫃應聲倒在來不及反應的蘇菲亞身上。乒哩乓啷，杯盤破碎的聲音。蘇菲亞根本來不及尖叫，就被餐具櫃壓住了。

如今餐具櫃下只看得到蘇菲亞的兩隻手。一會兒後，鮮血染紅餅乾地板。

「蘇菲亞繼母大人……」

葛麗特顫抖著喊她的名字，沒有回應。漢賽爾拭去額頭的汗水，長吁一口氣。

「沒事了，葛麗特。」

漢賽爾溫柔地告訴妹妹。葛麗特眼裡浮現淚光。看到妹妹這楚楚可憐的模樣，身為兄長的漢賽爾無論如何都想保護她。

漢賽爾攬過葛麗特的頭說：

「別哭了，打起精神來。接下來才是重點。」

「好……」

漢賽爾輕撫妹妹如驚弓之鳥顫抖的小腦袋，仰望天空。沒錯，接下來才是重點。

「葛麗特，去河邊提水來。」

2

真是的，這個鎮上的人怎麼都這麼小氣！

小紅帽火冒三丈地走在路上。

她在中午過後抵達這個名叫麥芬的小鎮。這個位於城堡下的小鎮上有許多石造房屋，洋溢著富裕的氣氛。從早上就什麼東西也沒吃的小紅帽滿心盼望有人願意分她一點麵包。

然而事實又是如何呢？每個擦身而過的路人都只是形色匆匆地經過小紅帽身旁。

她直接上前敲門，向出來應門的人索討食物，如果只是扯些「我們家也不好過」的藉口打發她還好，比較過分的還會對她嗤之以鼻，或是朝她撒灰：「妳這個惡魔，快給我消失！」要是能得到附有果醬的麵包，順便收留她一晚就好了——小紅帽還如此癡心妄想，看來她太天真了。

「小氣鬼！」

不知不覺，太陽就快下山了。小紅帽決定放棄、轉往下一個小鎮，怒火中燒地繼續走。

話說回來，她快餓扁了。籃子裡有餅乾，但那不能吃。

眼前是鬱鬱蒼蒼的茂密森林。月亮尚未升起，還是幽暗的黃昏。就在小紅帽因必須穿過森林而感到灰心時，一棟民宅映入眼簾。

窗戶透著燈光，飄來好似奶油融化的香氣。這是最後的希望了。小紅帽毫不猶豫地上前敲門。

「蘇菲亞，妳回來啦？」

屋裡傳來粗嘎的聲音，門應聲打開。一個穿著沾滿麵粉的圍裙，壯碩似熊的男人站在門前。

「咦，妳是什麼人？」

「我是正在旅行的小紅帽，今晚沒有地方過夜，很苦惱。可以請你收留我一晚嗎？」

「旅行？像妳這樣的小女孩？」

小紅帽心想，我已經十五歲了，但是沒有說出口。要是惹對方不高興，不願意收留她就慘了。眼下那男人已經抱著胳膊，「嗯……」地唸唸有詞了。

「父親大人，她好可憐啊，你就收留她嘛。」

屋裡傳來女孩子的聲音，身影被男人擋住了，看不見。但是再往裡面看，有個年約八歲的女孩正在喝茶，旁邊還有個十二歲左右的男孩，正以充滿戒心的眼神瞪著小紅帽，可是沒多久就放下戒備的表情。

「葛麗特說的沒錯。剛好派也烤好了。」

小男孩說。

「可那是蘇菲亞的份……」

「不打緊，重新再烤一塊就好了。」

男人在兩個孩子的半推半就下，讓小紅帽進了門。

「謝謝你們，我叫小紅帽。」

小紅帽向他們表達由衷的謝意。要是沒有他們的幫忙，她或許就得在陰暗的森林裡走上一整夜了。

「我叫漢賽爾，她是我妹妹葛麗特。這位是我們的父親高夫。」

「今天向鎮上平常很照顧我們的老爹買了小麥和肉，烤了肉派。同時也慶祝孩子們平安歸來。」

高夫放鬆長滿鬍子的臉部肌肉，但神情始終帶著一抹不安。

「平安歸來……他們去了哪裡？」

聽到小紅帽的問題，高夫的臉上蒙上一層陰影。

「我們在森林裡迷路了。」

漢賽爾以爽朗的口吻回答。

「我和葛麗特去採香菇。這座森林真的太大了，只是稍微走錯路，周圍的景色又都大同小異。本來想要回家，卻愈走愈闖進森林深處，困了整整兩星期。」

「兩星期！也太久了……可是迷了這麼久的路，你們的皮膚卻散發光彩，一點都不憔悴。」

漢賽爾又對小紅帽投以尖銳的視線。小紅帽反省自己是不是說了什麼不該說的話，漢賽爾隨即擠出笑容說：

「森林裡有很多香菇和果實。我們從小就住在森林裡，很清楚該怎麼找到這些東西。」

既然如此，應該也能找到回家的路才對啊……不過，小紅帽決定不再追究。因為她想起故鄉的母親經常叨唸她別的不會，最愛挑別人的毛病。

「爸爸，肉派應該烤好了吧？」

「啊，說的也是……」經漢賽爾提醒，塊頭很大，個性卻似乎軟弱的高夫戴上隔熱手套，打開石窯門。

「來吧，請用。」

放在桌上的肉派看起來十分美味。肉與醬汁的濃香和派皮的香氣刺激著小紅帽餓得扁扁的胃。高夫立刻將派切成四塊，分別放入小紅帽、漢賽爾、葛麗特的盤子裡。

「我要開動了！」兄妹倆迫不及待地吃了起來。小紅帽當然也不落人後，或許是太餓了，她感覺這是她有生以來吃過最好吃的肉派。

這時，小紅帽注意到一件事。高夫完全沒動盤子裡剩下的四分之一塊肉派，只是雙眼直看著兄妹倆大快朵頤的樣子。表情與其說是欣慰，用充滿歉意來形容更為貼切。

「高夫先生，你不吃嗎？」

小紅帽忍不住問。高夫聞言一驚，看向小紅帽。

「呃，那個……內人可能會回來。真是的，她上哪兒去了……」

「肯定是去採野莓了，別擔心啦。」

漢賽爾說。一旁的葛麗特默默享用肉派，同時惴惴不安地看著漢賽爾。

「可是，萬一她回來沒有馬上有東西吃，一定會發脾氣。」

哦……小紅帽懂了。看樣子，母親才是這個家的一家之主。

「你那麼怕她是你的事。小紅帽，別理他，快吃吧！」

漢賽爾以爽朗的表情說道。高夫也強顏歡笑。

這家人的關係好奇怪，大概有什麼外人不知道的內情吧。但小紅帽想歸想，當然沒問出口。在那之後，小紅帽默默地吃著肉派，不再與兄妹聊天。不知何時高夫也拿起了叉子，開始吃派。

「話說回來，繼母也太慢了。」

漢賽爾突然開口，站起來。

「我們去找她吧。」

他拿起掛在門邊的提燈，準備用火柴點亮。火柴盒上是金髮碧眼的女人笑盈盈的圖案。小紅帽看到火柴盒的瞬間——

「等一下！」

小紅帽阻止漢賽爾，從自己的籃子裡拿出另一盒火柴。

「用這個吧，這個比較好用。」

漢賽爾一臉莫名其妙，但也沒有多說，就用小紅帽給他的火柴點亮提燈。

「漢賽爾，現在出門太危險了，讓我去吧。」

「那就一起去吧，爸爸。葛麗特也要來嗎？」

「要。」

葛麗特也順從地把派放回盤子裡。

「這麼一來，留下來看家的就只有……」

漢賽爾看著小紅帽說。怎麼搞的，事情變得好奇怪。

小紅帽還想吃派，但也不能獨自留在別人家裡。

更何況——直覺告訴小紅帽，好像有什麼不對勁的事正在發生。

她喜歡肉派，也不討厭這種不尋常的事。

「我也去。」

小紅帽用餐巾擦擦嘴，站起身來。

3

計畫出了點差錯——漢賽爾走在父親身後心想。

差錯出在此時走在漢賽爾旁邊的小紅帽身上。她大概比十二歲的自己大個兩、三歲吧。戴著一條怪里怪氣的紅頭巾，但細看是個可愛的女孩子。這天晚上居然有人上門求宿……明明是意料外的狀況，漢賽爾卻莫名興奮。

讓偶然上門求宿的人看見死在自己手上的人倒也不錯。自己或許不太正常吧。漢賽爾事不關己地想。說不定自己很適合世人所謂的「犯罪」。

與小紅帽走在另一邊的葛麗特顯然嚇得要死，被漢賽爾握住的右手流了好多汗。好可憐……大概是被這意想不到的狀況嚇得魂不守舍。看見妹妹膽怯的模樣，漢賽爾無論如何都想保護她。惹人憐愛的葛麗特，簡直想在她身上塗滿奶油，做成甜點。

或許是因為胡思亂想，他差點就錯過了。

「爸爸，那個。」

漢賽爾指著掉在路邊杉樹下的絲巾。高夫撿起來，用提燈的光照亮，臉色大變地說：

「這是蘇菲亞的……」

「她可能往那邊去了。」

漢賽爾不著痕跡地指向目的地，高夫點點頭便逕自往沒有路的方向前進。怎麼這麼單純啊？這樣讓人很好擺布，可是一想到自己的父親如此愚蠢，漢賽爾就覺得反胃。

他們繼續依循蘇菲亞掉在森林裡的隨身物品，走了三十分鐘左右，終於來到距離那棟糖果屋只剩下最後一里路的地方。就在河流的潺湲水聲變大時——有個白色的東西穿過樹林。漢賽爾嚇了一跳。

那東西在一行人面前停了下來，以銳利的眼神瞪著他們。

「哇啊！」

小紅帽嚇得跳起來。

一隻大野狼。大概一個成人的身軀那麼大，全身銀色的毛，在沒有月光的情況下仍散發出沉穩的光芒。

「我叫格奧爾，這座神聖森林的管理人。」

大野狼說著人話。

「太陽已經下山了，為何人類還在森林裡徘徊？」

「因、因為我老婆還沒回家。」

高夫回答。格奧爾「嗯？」地瞇起黃色的眼睛。

「你是愛哭鬼高夫嗎？」

「什麼？」

「你是伐木工羅蘭的兒子，愛哭鬼高夫吧。」

「你、你認識家父？」

「那當然。你小時候掉進前面的沼澤，就是我救你出來的。你父親非常感謝我。」

「這麼說來……我確實聽家父提起過，有一隻神聖的大野狼會說人話。家父還說半夜在外面亂走的話，被那隻大野狼發現會挨罵。」

「沒錯。話說回來，後面那三個人是你的小孩嗎？」

「啊，呃，說來話長……」

「只有我不是。我是今晚承蒙他收留的旅人。」

或許察覺到大野狼不是壞人，小紅帽回答。

「格奧爾先生，你可有見到一個女人？」

「很抱歉，我沒有看到。我正要去前方視察。因為前方傳來人血的氣味。」

高夫的背部猛地抽動了一下。

「愛哭鬼高夫，羅蘭似乎沒告訴你，我是這座森林的代表，我與你們的主人，也就是麥芬城主立下契約。如果城主的子民在這座森林裡迷了路，我會帶他走回人類該走的路。如果城主的子民死在這座森林裡，我必須向城主報告。做為交換條件，城主禁止子民在森林裡打獵，以免破壞動物們的平靜生活。」

漢賽爾在森林裡住了十二年，第一次聽到這件事。這比小紅帽的來訪更令人意外。葛麗特已經在一旁瑟瑟發抖了。

雖說沒有血緣關係，萬一殺死繼母的事曝光，他大概會被抓起來判死刑吧。既然如此，只能繼續裝傻下去了。

「格奧爾先生，我們可以跟你去嗎？我有點擔心。」

格奧爾點頭，答應漢賽爾的要求，帶著一行人往前走。

還沒數到一百，就來到了那個廣場。

「這是怎麼回事？」

眼前的糖果屋令小紅帽大開眼界。

「這不是用糖果打造的房子嗎……」

漢賽爾也沒忘記要假裝是第一次看到。

「真的耶……」

葛麗特也無奈地配合演出驚訝。格奧爾不當一回事地說：

「果然跟艾美說的一樣，肯定是哈蟲族的餘孽。」

「哈蟲族？那是什麼？」

高夫不解地問。

「愛哭鬼高夫，你真的什麼都不知道耶。那是住在距離這裡好幾百公里，名叫不列顛的島上森林裡的巫族。能隨心所欲地變出餅乾糖果，或是以餅乾糖果打造成眼前這樣的建築物。她們起初會對被這種建築物吸引來的小朋友很好，熟絡後就會露出本性，抓住小朋友。把少年關起來，養肥吃掉；讓少女做粗活，喜不自勝地看少女受苦，高聲大笑……個性十分善妒，經常起內鬨，吵來吵去，所以大概是被同伴趕出來，流浪到這座森林。」

那個女巫原來有這樣的遭遇啊。漢賽爾一無所悉。但有什麼關係？反正對方已經死了。

「屋裡沒開燈，好像沒人在。」

小紅帽說道。

「問題是，人血的氣味就是從這棟房子裡傳出來的。喂。」

「我不叫『喂』，我叫小紅帽。」

「小紅帽，把門打開。」

大野狼四肢著地，自然無法開門。小紅帽抓住糖果門把打開門。然而，只能打開一條縫。

那是當然。漢賽爾在心裡竊笑。因為門裡扎扎實實地插上了門栓。有小紅帽這個第三者當證人，或許算幸運。

「插了門栓，打不開。喂，裡面有人嗎？」

小紅帽朝屋裡大叫。漢賽爾很清楚，這只是白費工夫。

「找找看有沒有其他入口吧。」

漢賽爾提議，一行人繞了屋子四周一圈。想也知道沒有其他出入口。

「沒辦法，破窗而入吧。」

格奧爾替漢賽爾說出他想說的話。漢賽爾險些忍俊不住。這隻大野狼跟小紅帽一樣，都不在他的預料內，但不僅沒有破壞他的計畫，反而成了他的幫手。

「喂，誰去找一塊大小剛好的石頭。」

「這裡就有。」

漢賽爾指著門邊，自己趁天還亮的時候就先看上的石頭。高夫立刻用雙手搬起那塊石頭，扔向以糖果製成的圓形窗戶。窗戶應聲碎裂。

「哎呀，窗戶太小了，我進不去。」高夫不知所措地搔頭。

「讓我來。」葛麗特自告奮勇。

高夫抱起葛麗特，讓她靠近窗櫺。「小心點喔。」

葛麗特從窗戶爬進屋子。不一會兒，門就從內側打開了。

「門果然鎖上了。」

「進去吧。」

格奧爾率先進屋，高大拿著提燈尾隨在後。

「蘇菲亞！」

緊接著，屋子裡傳來高夫的叫聲。

提燈照亮室內。傾倒的餐具櫃下，繼母那雙沾滿鮮血的手映入眼簾。

4

又是屍體……

雖然隱隱約約已經預料到，小紅帽還是抖了一下。

說說回來，這房子聞起來好香啊。畢竟她的肉派才吃到一半就被迫出來，不禁食指大動。餅乾做的內牆，看起來好光滑、好好吃啊。外面的煙囪也是。那是格子鬆餅做的吧？外牆的餅乾還裝飾了好多馬卡龍，要是能踩著那些馬卡龍爬到屋頂上……就在小紅帽浮想聯翩時——

「那是你老婆沒錯吧。」

格奧爾問高夫。

「是的，沒錯，是我老婆，也是這兩個孩子的……繼母。」

或許是受到打擊，高夫搖搖晃晃地把手撐在桌上。

「哇……！」

結果連同整張桌子摔倒在地。

「什、什麼鬼。這屋裡就連桌子都是用甜點做的嗎？這是什麼……餅乾嗎？」

高夫舔了一下自己的手。可憐的桌子已支離破碎。格奧爾顯然對此毫不在意，只說了一句：「小心點。」

「言歸正傳，你說她是他們的繼母？」

「這兩個孩子的親生母親已經死了。鎮上的老爹擔心我一個男人要養大他們可能會很辛苦，所以介紹蘇菲亞給我續弦。」
「原來是俗稱的後媽啊……等等，後面的火爐裡也有怪味。」
格奧爾往裡面走，發出驚訝的叫聲：「這是怎麼回事？地上濕答答的，地板的餅乾都泡漲了。是水嗎？」
地板也由餅乾構成。小紅帽用腳尖踩了踩，聲音和觸感確實跟木頭地板不太一樣。感覺如履薄冰……不過因為太暗了，什麼也看不見。
「只有一盞提燈不夠亮，還有沒有別的照明工具啊？」
「燈的話，這裡有……」葛麗特指著剛才他們走進來的門正上方。牆上掛著蘋果造型的提燈。
「真的耶。」
漢賽爾踮起腳尖，取下提燈，幾乎是從茫然自失地跪在妻子屍體旁邊的高夫手中搶過提燈，為蘋果造型的提燈點火。
屋裡頓時大放光明。
房裡的東西很少。除了桌子和傾倒的餐具櫃以外，就剩流理台，感覺好像少了些什麼。

壓在餐具櫃下的蘇菲亞周圍形成一窪血池，金幣散落一地。

「這是！」

格奧爾驚呼。後面敞開的火爐裡露出兩條燒得焦黑的腿——這畫面未免太驚悚了。這麼可愛的糖果屋裡，居然有兩具屍體。

格奧爾聞了聞屍體的氣味。

「完全沒有人類的味道。這傢伙應該就是變出這棟房子的哈蟲族女巫，不會錯了。哈蟲族活著時可以無限制地變出餅乾糖果或讓餅乾糖果消失。死後生前用魔法變出來的東西也會留下來。只不過，畢竟是食物，留下來的糖果屋不是被森林裡的鳥吃掉，就是腐爛，化為塵土。話說回來……」

格奧爾把頭探進火爐。

「燒成這樣，就連這女巫是什麼時候死的都不知道了。」

「那可以知道蘇菲亞是什麼時候死的嗎？」

小紅帽問道。格奧爾抬頭看著小紅帽，做出點頭般的動作。

「不用聞味道，看血凝固的狀態就知道了。大概是今天太陽剛要下山的時候。」

「那就是三、四個小時前。」

「我不清楚人類的時間……喂，那是！」

格奧爾衝向貌似原本擺放餐具櫃的牆邊。餅乾地板被截斷成斜斜的坡面，旁邊還有兩根綁上繩子的樹枝。

「哈，我知道餐具櫃為什麼會倒下來了。」

格奧爾用黃色的眼睛看著所有人說。

「餐具櫃原本應該是緊靠著這面牆壁吧。凶手從餐具櫃的前方仔細地削掉餅乾地板，削到餐具櫃稍微前傾，再塞進這兩根綁著繩子的樹枝，撐住餐具櫃。」

在小紅帽的想像裡，餐具櫃應該會站不穩。她腦海中出現兩根用來支撐餐具櫃的樹枝搖搖晃晃的畫面。

「然後凶手以金幣為餌，把這個女人騙到餐具櫃前。」

「再從安全的地方拉動繩子，把樹枝抽出來，讓餐具櫃倒下嗎？」

小紅帽問道，格奧爾「嗯」地點點頭。

「可是看到餐具櫃前面的地板被削過，繼母大人不會起疑嗎？」

漢賽爾插嘴道。格奧爾回答：

「只要把布夾進櫃子和地板間，大概就看不見了。」

原來如此。小紅帽被說服了。

「可是到底是誰下的毒手？要在樹枝上綁繩子，不可能是森林裡的動物吧？」

格奧爾嗤之以鼻地冷哼一聲。

「喂，小妹妹。剛才妳進來的時候，門是從內側鎖上嗎？」

「是、是的……」

他望向葛麗特的指尖，門上確實有門栓和釦環。

「也就是說，只有一個人能殺死這個女人，那就是女巫。如果是女巫，應該也能輕易想到削掉餅乾地板、讓餐具櫃倒下的伎倆吧。」

「可是女巫如今卻被燒成那種狀態。」

「既然沒有其他人能進屋，那只有一個可能性，女巫殺了這個女人之後再跳進燃燒的火爐裡自殺。喂，你們知道這個女人和女巫是什麼關係嗎？」

半晌沉默後，漢賽爾說：

「這麼說來，繼母大人大約在半年前說過：『我交到一個很有錢的朋友。』」

「很有錢的朋友？」

格奧爾的視線瞥向地上的金幣。

「對。還說順利的話，可以向那人要一點錢來花，就此告別貧窮的生活……可是大概從一個月前，她開始破口大罵：『那個女人不只不給我錢，還說我是她的情人。』」

這句話對小紅帽造成相當大的衝擊。

「還說：『人太有魅力也不行呢。既然如此，還是快點把錢弄到手，跟她一刀兩斷吧。』對吧？葛麗特。」

「對……她確實這麼說過。」

葛麗特點頭附和哥哥。

「等一下。」小紅帽打斷兄妹倆的一搭一唱。

「女人喜歡女人沒有什麼大問題。問題是女巫有可能愛上人類女性嗎？」

「我不懂人類的心理，但我倒是聽過女巫迷上人類女子的故事。」

格奧爾說道。

「那個女巫太想將人類女子據為己有，為了殺死對方跑船的丈夫，不惜掀起暴風雨，弄沉了對方丈夫的船。」

小紅帽聽得目瞪口呆。

「女巫有時候比人類更容易受到自己私情的支配。女人表現出冷淡的態度，激怒了女巫，女巫殺死女人，因為絕望而自殺的邏輯其實說得通……對了，愛哭鬼高夫，你知道你兒子剛才說的這些事嗎？」

「我老婆和女巫……怎麼可能？不，我不知道……」

高夫搖頭。

「我也是頭一回聽到，因為我經常不在家。」

「不好的事只有小孩子知道嗎？人類真是不可思議的生物。」

「蘇菲亞說過……『我和孩子們相處得很好』。」

這時，小紅帽留意到漢賽爾的表情變化。他正以冷冽鋒利的眼神看著自己的父親，彷彿在看罪犯。

「原來如此。」

格奧爾說。

「愛哭鬼高夫，看樣子我必須再問你一些事情。先讓孩子們回去吧。」

「可是，不能讓孩子獨自穿過這麼暗的森林。」

「別擔心，我忠實的部下會護送他們回去。」

*

大熊笨重而緩慢地走在拿著提燈的漢賽爾前面。動作雖慢，但是從牠那隆起的肌肉與銳利的前爪來看，他們顯然不用擔心會受到野獸的攻擊。

小紅帽走在漢賽爾背後，不知道為什麼，葛麗特不是跟著哥哥，而是緊緊貼著小紅帽。腳步蹣跚的葛麗特大概累壞了，從剛才就一直打哈欠。小小的哈欠實在太可愛，小紅帽覺得很開心，感覺像是多了個妹妹。

「爸爸……是騙子。」

冷不防，葛麗特冒出這句話。但聲音含糊不清，像是在說夢話。漢賽爾停下腳步，回過頭看她。

「蘇菲亞繼母居然好意思說跟我們相處得很好。」

「你們相處得不好嗎？」

小紅帽問道，葛麗特回答：

「豈止是不好，繼母大人肯定希望我們去死。」

「葛麗特！」

漢賽爾阻止道。

「真的嗎？漢賽爾。」

漢賽爾沉默了好一會兒，直勾勾地盯著小紅帽看，沒多久終於嘆了一口氣說：「是真的。」

「邊走邊說吧，熊先生走遠了。」

之後，回家的路上，漢賽爾說了他們的經歷。

兩年前，蘇菲亞嫁進原本三人相依為命的家。起初大家相處得還不錯，但是隨著伐木工高夫的收入愈來愈差，一切都變了調。

除了砍柴以外，高夫還在森林一隅揀拾黑色的石頭，做成打火石販賣，然而隨著遙遠北方有個名叫修本哈根的小鎮生產出優質的「愛蓮的火柴」開始普及，高夫做的打火石完全賣不出去。

一家四口的生活頓時陷入困境，高夫每週有一半的時間伐木，下半週在鎮上幫忙蓋房子或造橋鋪路，做點臨時工以貼補家用。也是從這個時候開始，兄妹倆與蘇菲亞的關係日益惡化。

當家裡剩下三個人，蘇菲亞的態度變得很惡劣，把煮飯、洗衣、打掃的工作全部推到兩兄妹頭上，自己不是睡覺就是吃喝玩樂。這也就算了，只要稍微不順她的心意，就拿他們出氣。尤其喜歡把氣出在葛麗特身上，葛麗特身上都是瘀青。

即使漢賽爾向禮拜一才回家的高夫告狀，高夫也只是不當一回事地一笑置之：「她跟你媽不一樣，性子比較急。」並未對他們伸出援手。

更令兄妹倆心寒的事發生在兩週前。漢賽爾躺在床上時，聽見高夫和蘇菲亞在廚房的對話。

——快要沒東西吃了，怎麼辦？

——至少我們夫妻倆要想辦法活下去，把那兩個孩子趕出去吧。

——怎麼可以？而且要怎麼趕出去？

——你假裝拜託他們幫忙做事，帶他們去森林的最深處。等天黑再自己偷偷跑回來就好了。

——這種事我怎麼做得出來。

——很好，我就知道。我知道了啦。既然如此，我們就一起餓死吧。

——妳也太極端了。

——我們現在就是處於這麼極端的狀態啊。你打算怎麼做？要拋棄那兩個孩子，還是全家一起餓死？做個選擇。

——好、好、好啦。我聽妳的就是了。

——是嗎？那就好。明天就行動，可以嗎？

漢賽爾大驚失色地搖醒葛麗特，等父母睡著後，偷偷溜出家門，撿了許多白色的小石子。這種小石子照到月光會發亮。第二天，他們把小石子藏在衣服裡，趁走在前面的高夫不注意，把石頭丟在森林中的小徑。

當兩人利用小石子的記號回到家，高夫一臉如釋重負地迎接他們，但蘇菲亞則是以充滿恨意的眼神看著他們。

——我剛才在附近看了一圈，發現很多發光的小石子。

當天夜裡，廚房再度傳來父母商議的聲音。

——怎麼會有這麼狡猾的孩子啊。一定是循著小石子回來的。

——蘇菲亞，不管怎樣把孩子丟在森林裡也太……

——明天再幹一次吧。

——蘇菲亞，妳就不能重新考慮嗎？

——事到如今你還在說什麼廢話？今天晚上我會在這裡守著，絕不讓那兩個孩子再有機會出去撿石頭！

第二天，兩兄妹再次被高夫帶到森林裡。在蘇菲亞的監視下無法出去撿石頭，所以這次只好撕碎給他們當午飯的麵包，一路走一路丟。跟上次一樣，高夫離開後，正當他們打算循著沿路的麵包屑回家時——

「結果，麵包消失了。」

漢賽爾才說到一半，葛麗特就忍不住插嘴。

「全部被鳥吃光了。所以我和哥哥只好一直在森林裡找路，直到……」

「直到我們發現香菇。」

漢賽爾再度取回話語權。葛麗特有些嚇到，訥訥地附和：「嗯……」然後就不再說話了。

漢賽爾接著說：

「我們幸運地靠香菇活了下來，後來也採到許多果實。可是不知道回家的路，困了兩個禮拜，今天傍晚總算回到家了。」

「這樣啊，真是辛苦你們了。話說回來，蘇菲亞那麼討厭你們，怎麼會告訴你們她有個『很有錢的朋友』？」

「我哪知道。」

漢賽爾聳聳肩，丟下一句「大概是心血來潮吧」就轉身面向前方。小紅帽看了葛麗特一眼，想問她是不是真的，只見她低著頭，似乎在害怕什麼。看樣子這對兄妹真的很古怪。

這時，漢賽爾手中的燈光照出了熟悉的房子。

「到家了。熊先生，謝謝你。」

漢賽爾頭也不回地走進屋裡。

5

這個家除了吃飯的廚房以外，只有兩個房間。一間是高夫和前妻的寢室（但直到今天以前都是那個可恨的蘇菲亞在使用），另一個房間則是漢賽爾和葛麗特的寢室。

「小紅帽今天和我們一起睡吧。」

葛麗特從剛才就一直這麼說。

「不可以。」

漢賽爾當然不假思索地回絕了。

「讓客人睡我們的寢室太失禮了……不好意思，小紅帽，我妹妹才八歲，還不懂事。」

漢賽爾也知道，應該要把寢室的床讓一張給小紅帽睡才合乎待客之道，但他仍一臉這才是森林裡的常識，從蘇菲亞床上勉強拖來被子，硬是鋪在廚房裡。

雖然他擺出一副要是小紅帽敢抱怨，他一定會想辦法說服小紅帽，但小紅帽不只沒說什麼，還向他道謝：「謝謝你給我被子睡覺。」這個人雖然很喜歡問東問西，倒是很有禮貌。

三人回到家後又過了多久呢？月光從天花板的採光窗透進來。屋外萬籟俱寂，除了偶爾叫個兩聲的貓頭鷹以外，聽不見任何聲音。

高夫還沒回來。說不定格奧爾打算一整晚都不讓父親回家，質問到天亮。如果要向城裡報告，或許真的需要那麼詳細的盤查吧。

漢賽爾悄悄下床，打開房門，觀察廚房的狀況。有雙鞋子整整齊齊地擺在鋪在桌子對面的被子旁。豎起耳朵，可以聽見微微的鼾聲。小紅帽似乎已經睡著了。

關上寢室門，他望向葛麗特的床。可愛的葛麗特面向另一側，拉高被子蓋過頭，顯然還沒睡著。因為他已經耳提面命好幾次，不能比他先睡著。

漢賽爾坐在葛麗特的床緣。

「葛麗特，我今晚嚇壞了喔。因為妳說了不該說的話、做了不該做的事呢。」

「我……做了什麼不該做的事？」

葛麗特看著他，心驚膽戰地問。

「怎麼，妳不知道自己幹了什麼好事嗎？妳聽清楚了，我們剛才是第一次去糖果屋。」

「我看到糖果屋時裝得很驚訝啊！」

「這部分妳做得很好。可是進入糖果屋，小紅帽問『有沒有別的照明工具』時，妳是不是馬上指了蘋果造型的提燈？」

「是……」

「那可不行喔。妳明明是第一次去糖果屋，怎麼會知道提燈的位置呢？」

葛麗特悚然一驚，但隨即小聲辯解：

「我是第一個進糖果屋的人，可能是進去的時候看到了啊。」

「哦，妳在跟我頂嘴嗎？又笨又可愛的葛麗特。妳進去糖果屋的時候，裡面並沒有開燈喔。漆黑一片，絕對看不見提燈吧。」

「可是……」

「還有，回來的路上，妳突然說『爸爸是騙子』。」

「因為人家真的忍不住嘛。爸爸明明想把我們丟在森林裡……」

「我懂妳的心情。可是因為妳說了這句話，我不得不告訴小紅帽蘇菲亞可恨的計畫與對她言聽計從的爸爸執行了那個計畫的事。明明我們應該極力避免讓人知道我們痛恨蘇菲亞。」

「對不起……」

「還有喔，葛麗特。當我說鳥吃掉做為標記的麵包後，妳是不是差點說溜嘴，想說我們找到了糖果屋呀？」

葛麗特垂下眼。

「我說過幾次了？我們剛才是第、一、次去糖果屋。既沒有發生過我們在吃糖果屋的牆壁時被女巫發現的事；也沒有發生過她請我們進去，第二天只有我被關進地下牢房的事；更沒有發生過妳騙女巫說妳不知道怎麼看火爐的火、把女巫推進去活活燒死的事——」

「別說了，對不起！」

漢賽爾用力抓住葛麗特想要摀住耳朵的手，湊近她的臉，小聲地說：

「安靜點，小紅帽可能還醒著。」

「對不起……」

「我討厭她……仗著自己可愛就一直問。起初我還以為她能成為我們犯罪計畫的來賓，但我改變主意了。明天一早就請她離開比較好……咦，妳在哭嗎？葛麗特。」

「因為我給哥哥添了好多麻煩。」

她那楚楚可憐的模樣撩撥著漢賽爾的心弦。漢賽爾溫柔地抱緊葛麗特，摩娑她的背。

「我可能說得太過火了。聽我說，我心愛的葛麗特妹妹，妳什麼都不用做，一切只管包在我身上。」

「好……」

「明白的話，就跟平常一樣，到我這邊來。」

葛麗特全身僵硬，猛搖頭：

「今天發生了好多事，我好累……」

「妳不是答應我不會頂嘴嗎？」

漢賽爾用力抓住葛麗特的肩膀，再次附在她耳邊低語：

「妳已經沒有哥哥就什麼都做不了了。」

6

開門聲吵醒了小紅帽。她坐起身，望向玄關，有個高大的人影站在那裡。

「咦，妳怎麼睡在那裡？」

高夫的語氣十分狀況外。天好像已經亮了，霜白的晨光與冷空氣一起從門外竄進來，似乎起了朝霧。

「高夫先生，你被問到現在啊？」

高夫以一個大大的哈欠代替回答。

「那隻名叫格奧爾的大野狼不讓我走，要我陪牠調查糖果屋。」

為什麼還要調查……小紅帽開始思考。

「有什麼發現嗎？」

「有個地下室。地下室裡還有個小牢房。」

牢房——昨天那股不太對勁的感覺再度湧上小紅帽心頭，她幾乎是不由自主地建立起一個假設。

「可是啊，牢房打掃得很乾淨，沒有使用過的痕跡喔。格奧爾問我有什麼看法，我除了『好可怕呀』什麼也答不上來。格奧爾似乎很不滿意……哈，可以了嗎？」

格奧爾是不是懷疑高夫？要他一起調查糖果屋，想必也是期待高夫會露出馬腳。

「高夫先生，格奧爾在哪兒？」

「牠送我回來，所以現在應該還在附近吧。我真的要去睡了，好睏、好睏、好睏……」

高夫溜進寢室。這不是剛殺死妻子的人會有的反應，所以他大概不是凶手。即使被人疏遠、受人輕視，高夫的性格應該也無法犯下殺人這麼重大的惡行。

比起高夫，如果格奧爾還沒走遠，小紅帽有事想對牠說。小紅帽急忙走進牛奶般的朝霧裡。

正當她四下張望時——

「咦，妳不是昨天的小紅帽嗎？」

聲音意外地從對面傳來。即使天亮了，黃色的眼睛依然閃爍著犀利的光芒。小紅帽想起以前被大野狼一口吞下的過往，幾乎要瑟瑟發起抖來。

「早安，格奧爾。你整理好要怎麼向城裡報告了嗎？」

「還沒有，還在調查。」

「你對女巫殺死蘇菲亞再自殺的可能性存疑吧？」

格奧爾「嗯哼」發出一聲怪異的鼻息。

「雖然是我自己說的，但仔細想想，女巫如果要殺死人類女子，應該會選擇咒殺之類的手段。如果動機是出於牽扯不清的愛恨情仇更應該如此。以衝動性的殺人而言，那做法太迂迴了。」

「對呀。話說回來，我聽說糖果屋有地下室。」

「嗯。我也忘得一乾二淨了。好幾十年前，有個男人獨自住在廣場上。他表面上是製炭工人，其實是從鎮上綁架小孩，並監禁在地下室的罪犯。麥芬城的官員得知此事，逮捕那個男人，燒掉他的房子。」

據格奧爾所說，隨著歲月流逝，房子的殘骸消失得一乾二淨，只留下地下室，大概是被女巫發現，在上頭蓋了糖果屋。

「也就是說，地下室原本就有了，不是用糖果做的？」

「對。地板上有一片餅乾可以掀起來，底下是通往地下室的樓梯。裡頭有個可以關押一個人的小牢房，大概是以前那個罪犯用的。地下室打掃得很乾淨，沒有最近使用過的痕跡，所以應該跟本次的命案無關。」

怎麼可能無關？小紅帽聽得都傻眼了。

「我說你呀，幾十年沒用過的地下室打掃得很乾淨，不正是最近使用過的人為了掩蓋某個事實，故意湮滅證據嗎？」

「什麼？」

格奧爾似乎還反應不過來。

「我不知道妳在說什麼。而且我很忙，必須追蹤愛哭鬼高夫的氣味才行。那傢伙昨天去了鎮上。」

「格奧爾，」小紅帽耐著性子解釋：「如果你懷疑高夫，顯然是懷疑錯人了。那個人根本沒膽殺害妻子，而且不是有人比他更可疑嗎？」

格奧爾的耳朵動了一下。

「誰？」

「漢賽爾與葛麗特兄妹啊。」

格奧爾過了好一會兒才發出「咯咯咯」的低笑聲。

「那對年幼的兄妹哪有辦法同時殺死女巫和繼母啊？」

「請你回想昨晚大家進入糖果屋時，我問『有沒有別的照明工具』，葛麗特立刻指向蘋果造型的提燈。」

「是有這麼回事，我記得。」

「那盞提燈掛在靠近天花板的地方，當時那麼暗，不太可能看見。那孩子怎麼會知道那裡有盞燈？」

格奧爾試著回憶此事，仰望天空，沒多久，似乎也反應了過來。

「妳的意思是，她並不是第一次進入糖果屋。可是，他們為什麼要殺害繼母？他們和繼母不是相處得很融洽嗎？」

「那好像是騙人的。」

小紅帽向格奧爾轉述昨晚因為葛麗特起了頭，漢賽爾不得不說出的真相。

「妳是指兄妹倆對繼母懷恨在心嗎？」

「動機很充分不是嘛！而且女巫愛上蘇菲亞的說法也很可疑。」

「可是殺死女巫的理由又是什麼？他們應該不認識女巫。」

「格奧爾，你好歹也是這座森林的管理人，平常應該會到處巡視，檢查有沒有異常吧？」

「妳到底想說什麼？」

「這麼小的人類兄妹在森林裡受困兩週，你一次都沒看見嗎？」

「這座森林比你們想像的大多了……可是妳說的也有道理，森林裡的野獸和昆蟲都是我的手下，卻沒有人向我報告人類小孩在森林裡迷路的事。要是真在森林裡困了兩週，應該一定會有人向我報告才對。」

「因為他們其實並沒有困在森林裡。可能早在高夫丟下他們的當天就遇見女巫了。」

「然後就被關起來嗎……哈蟲族愛吃少年的肉，會先給少年東西吃，把他們養得白白胖胖；女孩則會被要求幫忙做家事……」

格奧爾似乎終於意會過來了。明明那麼了解哈蟲族的習性，居然花了這麼多時間才想到這點。小紅帽簡直無語。

「一定是女巫先遇害的吧。為了把漢賽爾煮來吃，要葛麗特去看火燒好了沒？葛麗特推說她不會看，要女巫示範，等女巫站到火爐前的瞬間，從背後用盡全身力氣將女巫推進火爐裡，蓋上蓋子。」

「這連小妹妹也辦得到呢！」

「然後兩人利用那棟房子，計畫殺害可恨的繼母。事先做好餐具櫃的機關，利用高夫出門工作不在家的時候，回到家裡，以金幣為誘餌將蘇菲亞騙到糖果屋，加以殺害。」

格奧爾邊聽小紅帽推理，邊「嗯、嗯」發出鼻音，表示贊同。

「等一下，不對喔。」

格奧爾突然提出異議。

「還有一個很大的謎團。他們要怎麼離開糖果屋？唯一的出入口只有那扇門，但是門從內側閂上了。我也檢查過煙囪，為了不讓鳥飛進去，煙囪裡設置了兩層鐵絲網。」

小紅帽很想知道大野狼要怎麼檢查煙囪，但這件事容後再說，小紅帽先提出疑問：

「牆壁和屋頂呢？不能讓餅乾的接合處融化嗎？」

「餅乾是由哈蠱族特製的糖漿接合，要融化必須用火烤。這麼一來，餅乾應該會留下焦痕。可是現場的餅乾都沒有焦痕。」

真的沒有焦痕嗎？還有其他可以讓糖果屋變成密室的方法嗎？

小紅帽很想再看一次現場。

「你說女巫死後，糖果屋就會腐敗，對吧？」

「對。朝霧可能也會加速腐敗。我打算現在再去糖果屋調查一遍。小紅帽，妳願意助我一臂之力嗎？」

求之不得。

「沒想到我居然會和大野狼一起辦案。」

「來吧，快點坐到我背上來。」

小紅帽點點頭，跨上大野狼銀色的背。朝霧正逐漸散去。

7

漢賽爾醒來時，晨光正從天窗灑進來。葛麗特不在身旁。

走出寢室，父母的寢室傳來父親如雷的鼾聲。漢賽爾不勝其擾地四下張望。廚房裡也不見小紅帽的身影，地鋪空無一人。

走到屋外，妹妹的背影映入眼簾。妹妹蹲在地上，正在餵食小鳥。

「葛麗特。」

漢賽爾出聲叫喚，小鳥全飛走了。葛麗特回過頭來。

「早安，哥哥。」

「小紅帽上哪兒去了？」

「我起床的時候，她已經不在廚房裡了。我悄悄推開門一看，發現她正騎在格奧爾背上。我想叫她，可是格奧爾以迅雷不及掩耳的速度跑走了……」

「什麼時候的事？」

「兩個小時以前了。」

「為什麼不叫醒我？」

漢賽爾甩了葛麗特一巴掌。葛麗特跌倒在地，小鳥的飼料撒了一地。葛麗特「嗚、嗚」地細聲哭泣。

「抱歉啊，葛麗特。這件事關係到我們的未來。就像我昨天說過的，小紅帽的直覺非常敏銳。要是她對格奧爾說了什麼對我們不利的話，可能會難以收拾。」

「對不起，我沒想這麼多。」

天真無邪的妹妹，連懷疑別人都不會。單純本身是很難得的美德，但有時候可能也會對完美的犯罪計畫造成阻礙。

「格奧爾肯定看中小紅帽的敏銳，帶她去糖果屋了。我們也追上去吧。」

必須快點採取對策才行。只要糖果屋化為塵土，漢賽爾的罪行就能永遠埋葬於塵土之中，但是萬一小紅帽在那之前先破解糖果屋密室的話……

就在這時，耳邊傳來不祥的馬蹄聲。來自鎮上的兩匹馬朝他們跑來。馬背上各自坐著一名城主的士兵，是法院的人。

「喂，你們就是漢賽爾與葛麗特嗎？」

漢賽爾知道血色正從自己的臉上褪去，可以清楚看見有隻紅色昆蟲飛在馬的面前。

8

晨光中，糖果屋給人的印象與昨天截然不同。巧克力的門已然褪色，正面的威化餅牆和側面點綴著馬卡龍的餅乾牆皆已破敗頹圮。

「這房子原本就這麼殘破嗎？」

小紅帽從格奧爾的背上跳下來，震驚地說道。但是從潺湲的水聲聽來，與昨晚應該是同一個地方。

「昨天我說過了，哈蟲族的女巫活著時可以無限制地變出餅乾糖果或讓餅乾糖果消失。當然也可以將舊的餅乾糖果換成新的餅乾糖果。即使女巫死了，餅乾糖果也會留下來，但會從此慢慢腐化。妳瞧，魔法失效後，螞蟻都圍過來了。」

威化餅確實爬滿螞蟻。突然出現一大堆餅乾糖果，螞蟻們肯定樂壞了。小紅帽收斂心神，握住門把，推開巧克力門。

這時，軟化的威化餅牆「嘰——」的一聲搖晃起來。

「小心，要倒了！」

為什麼要選擇威化餅這麼脆弱的材料當牆壁呢？這麼看來，糖果屋毀壞殆盡只是遲早的問題。從來沒聽過不趕快調查就會崩塌的案發現場。總之只能快點進去調查了。

「咦，已經天亮了，怎麼還這麼暗。」

小紅帽朝屋裡看了一圈，發現糖果屋只有一扇窗戶，就是昨天高夫用石頭打破，讓葛麗特進去的糖果圓窗。只有一扇這麼小的窗戶，難怪屋子裡這麼暗，肯定連白天也必須點亮蘋果造型的提燈。

「人類真麻煩，沒有光線就什麼也看不見嗎？」

大野狼即使在黑暗中也看得很清楚，所以才會說出這種不經大腦的話。

小紅帽想點亮蘋果造型提燈，奈何火柴在籃子裡，而籃子在漢賽爾與葛麗特家裡。拜託格奧爾也解決不了問題，只好把門打開到極限以進行調查。

「那就是昨天發現的地下室。」

格奧爾用下巴指了指靠近門邊的左側地板。有片餅乾被掀開，露出一個洞。

「要進去看看嗎？」

「沒有通往外面的地道吧？既然如此就沒必要看。」

時間有限，必須先找出如何從密閉的糖果屋離開的方法。小紅帽先觀察門栓。門和牆壁各有一個用糖果製成的圓圈扣環，門栓也是糖果，摸起來黏黏的，但是很堅固，用力掰也掰不斷。扣環也緊緊地固定在門板上，拆不下來。

「昨晚討論過了，不可能先出去再鎖上門栓。」

格奧爾解釋道。

「我們趕來的時候，這扇門已牢牢鎖上門栓，這點妳比誰都清楚吧！」

小紅帽稍微想了一下，回應：

「不，我只能確定門再怎麼拉也只能拉開一條縫。說不定不是這個門栓讓門打不開。倘若那對兄妹的計畫是讓葛麗特先進去，那麼也有可能是葛麗特把門打不開的機關藏好了。」

「什麼機關？」

小紅帽邊想邊檢查門與牆壁之間的縫隙，但也想不出什麼巧妙的機關。

「葛麗特從進入糖果屋到開門只花了一點時間，應該來不及消滅證據。」

格奧爾說的沒錯。小紅帽放棄自己的假設，四下打量。昨晚被高夫破壞的糖果圓窗碎片，蘇菲亞的屍體還壓在傾倒的餐具櫃底下，螞蟻在地板上排成一列，再往後是火爐……

「煙囪呢？」

小紅帽問格奧爾。

「以那兩個人的體型，應該可以從煙囪爬出去吧？」

「剛才我不是說過了，煙囪裡裝了兩層用來防止鳥飛進去的鐵絲網。而且我也檢查過火爐，柴火的灰燼與木炭皆是自然燃燒後的狀態，沒有腳印之類的痕跡。煙囪內部的煤灰也都沒有掌印或腳印。」

「稍等一下，我從第一次聽到你這些話就很在意了，身為大野狼的你要怎麼調查煙囪？」

「當然是由我忠實的部下代為調查。喂，出來吧！」

格奧爾動了動耳朵，隨即出現一隻瓢蟲。

「她叫艾美，是我優秀的部下。也是由她負責進城報告。」

原來是女孩子呀，好可愛啊，小紅帽看著艾美，艾美「嗡……」地飛到小紅帽耳邊。

「煙囪的鐵絲網有很多樹葉和樹枝的灰燼，貌似有人先放入樹葉和樹枝，再引火燃燒。」

瓢蟲的聲音十分高亢。在這座不可思議的森林裡，好像有很多會說人話的動物與昆蟲。

重點是，樹葉和樹枝的灰燼是怎麼一回事？難道是漢賽爾或葛麗特趁女巫不注意時爬上屋頂，從煙囪丟進去的嗎？糖果屋外側的餅乾牆有很多馬卡龍裝飾，只要抓著那些馬卡龍，應該就能爬到屋頂。可是，這又是為什麼？

煙囪一旦塞住，煙就排不出去。但這有什麼意義呢？室內很陰暗。蘇菲亞在這麼陰暗的室內，真能看清楚金幣嗎？小紅帽開始胡亂思考起來。

想累了。真想坐下來，好好整理思緒。於是小紅帽東張西望。

「咦？」

「怎麼了嗎？」

「昨天我就覺得這屋子也太簡陋了，好像少了什麼。我現在知道了，屋子裡明明有桌子，卻連一張椅子也沒有。」

「沒有椅子很奇怪嗎？」

大野狼似乎對人類的常識非常沒概念。小紅帽放棄與牠討論，決定自己動腦。

「怎麼沒有椅子？被誰吃掉了嗎？話說回來，椅子得支撐身體的重量，必須由硬度很高的糖果製作才行。」

小紅帽的視線追隨著地板上的螞蟻大軍。

「格奧爾，你知道這群螞蟻要去哪裡嗎？太暗了，我看不見。」

「螞蟻聚集在火爐附近牆邊的地板，就是昨天我說濕答答的地方。大概那裡是由砂糖固定的吧？」

「砂糖……」

小紅帽仰望天花板，陷入沉思。

這時，耳邊傳來「嘰——」的一聲，有人坐在屋頂上嗎？

「危險！小紅帽。」

聽見艾美的警告時，她同時聽見「嘰嘎……嘰嘎……」的聲音，天花板掉下來了。

「哇啊啊啊！」

小紅帽連忙護著頭蹲下。要被屋頂壓扁了……心裡這麼想，身體卻沒有受到應有的衝擊。她靠著微弱的光線爬出去，門旁的威化餅牆倒向外側，點綴著馬卡龍的餅乾牆往左右兩邊散開倒下，只剩下後面有火爐的那面牆還立著，屋頂歪斜了。

「可惡！」

格奧爾咒罵著走出來，直接站在餅乾屋頂上，「嗷嗚嗚嗚嗚——」地咆哮。

「這麼一來就無從知道他們是如何離開反鎖的糖果屋了。只能向城主報告是女巫殺死蘇菲亞，再自殺了。」

格奧爾心有不甘地用前腳踢屋頂。小紅帽忽然靈機一動：

「等等，格奧爾。屋頂的餅乾不是很堅固嗎？明明籠罩在朝霧裡……卻比餅乾牆壁新得多。」

「妳說什麼？」

格奧爾用前腳踩了踩屋頂的餅乾和側面牆壁的餅乾做比較。

「軟化的程度確實不太一樣。這是怎麼回事？女巫遇害前換了新的屋頂嗎？」

小紅帽沒回答，仔細地觀察屋頂，左右各四片大餅乾用糖漿固定著。如果要拆開已經黏合的餅乾，就必須加熱融化糖漿，但是這麼一來，餅乾內側會留下焦痕，應該也會出現糖漿融化流出來的痕跡，可是並沒有。

不是拆開，而是做一個新的嗎？

可是要如何在女巫死後取得新的餅乾——

「啊！」

絞盡腦汁的小紅帽終於看穿這個「甜美密室」的真相。

「格奧爾，我明白了。」

「原來如此。」聽完小紅帽的推理，格奧爾深表贊同。

「可是糖果屋既然已經變成這副德性，這一切就很難證明了。就連我們討論的時候，糖果屋也一直在損壞中。」

格奧爾的話還沒說完，後面的牆壁也倒了，屋頂隨之塌落，倒向煙囪的對側。

「沒救了。」

「別擔心。就算倒了，還是可以當成證據的。」

小紅帽對一臉茫然的格奧爾露出微笑。

「請你立刻派艾美去叫城裡的官員過來。」

9

漢賽爾怒氣沖沖地坐在由官員手握韁繩的馬背上。這兩位在城裡當差的官員，聲稱漢賽爾起床的稍早之前，有隻瓢蟲飛到他們身邊。瓢蟲自稱是森林的管理人——大野狼格奧爾的使者，名叫艾美，向官員們報告森林裡發生了殺人命案。說完事情的來龍去脈後，那隻瓢蟲指稱凶手就是被害人的繼子女，也就是漢賽爾與葛麗特兄妹。

於是官員由瓢蟲帶路，來到他們面前，要求他們一同前往案發現場的糖果屋。不僅如此，還收走小紅帽留在他們家的籃子。

葛麗特坐在另一匹馬背上。漢賽爾還以為她一定很害怕，孰料她的表情十分鎮定。

很好，就保持這樣。不管那個女人說什麼，哥哥一定能四兩撥千斤地擋回去，所以千萬不要露出破綻喔。

兩匹馬在無聲的森林裡前進。

沒多久就看到那棟糖果屋——正確地說，是糖果屋的殘骸。

只剩屋頂還保留原本的形狀，其他全都東倒西歪，慘不忍睹。威化餅的牆壁融化了，露出餅乾地板，大概就是用來遮住地下室入口的餅乾。

想必是朝霧軟化的結果。漢賽爾在心裡竊笑。既然糖果屋已經變成這樣，怎麼在鎖上門栓的情況下離開糖果屋就永遠是個謎了。

格奧爾與小紅帽站在倒塌的糖果屋前。馬停下腳步的同時，漢賽爾跳下馬。

「妳說是我們殺死了蘇菲亞繼母，把罪推到女巫頭上？」

漢賽爾面向小紅帽，老神在在地說。

「肯定是妳在背後亂說了什麼吧。虧我們還收留妳過夜，恩將仇報不會太過分嗎？」

「漢賽爾。」

可恨的是，小紅帽也展現出從容不迫。

「你為何如此有活力？」

「我不是告訴過妳，即使困在森林裡，我們還是找到了香菇和果實果腹嗎？」

「漢賽爾，你妹妹為何如此忐忑？」

「被眼神那麼銳利的大野狼盯著看，任誰都會忐忑不安吧？」

「還有——」小紅帽豎起食指，指向漢賽爾。

「你的犯罪計畫為何如此粗糙？」

挑釁的發言令漢賽爾下意識閉上了嘴。讓人不寒而慄的寂靜中，格奧爾似乎想打破僵局而開口：

「官員們，你們都從我的部下艾美口中聽到命案的梗概了？」

「是，是的。」

「我、我們都聽到了。」

直到剛才都還趾高氣揚的兩位官員完全被眼前的氣氛壓制住。

「那麼小紅帽，由妳來揭曉謎底吧。」

小紅帽領命，目光堅定地盯著漢賽爾，娓娓道來。

「兩週前，蘇菲亞和高夫將你們扔在森林裡是一切的起因。你們迷了路，來到這棟糖果屋前，哈蠱族的女巫使出傳統技倆，引誘你們吃了糖果屋，還邀請你們進屋，招待你們，可惜沒多久就露出本性，強迫葛麗特做家事，把你關起來。」

漢賽爾回想起自己被關在暗無天日的地牢裡——不行，不可以。他是昨天才第一次踏進糖果屋。

「女巫打算把你養胖烤來吃。沒想到你們反而殺了女巫，還想利用糖果屋，殺害恨之入骨的繼母。首先，葛麗特假裝出去撿柴，蒐集大量枯葉和樹枝，爬上馬卡龍裝飾的牆壁，從煙囪把枯葉和樹枝鋪滿在用來防止鳥飛進去的鐵絲網上。這麼一來，女巫要升火把你烤來吃的時候，煙就會充滿整間屋子。葛麗特對不知所措的女巫說：『煙囪好像塞住了，請先把屋頂全部變不見。』哈蠱族的女巫可是能隨心所欲地讓餅乾糖果消失呢！」

可惡！

漢賽爾差點就露出憤恨的表情。他在地下室的牢房裡想出來的計畫被她滔滔不絕地講出來了。這個名叫小紅帽的女人究竟是何方神聖？

小紅帽才不管漢賽爾在想什麼，接著說下去：

「葛麗特是不是還接著說：『我等一下再把屋頂修好，所以請先變出餅乾和用來把餅乾黏合的糖漿。』其實只要使用魔法，一下子就能變出新的屋頂，但是對於哈蠱族的女巫來說，再也沒有比讓人類少女為自己工作更快樂的事了。所以女巫中了你們的計，變出餅乾與糖漿。」

沒錯。一切都被這個女人看穿了。她是怎麼辦到的？光靠推理能想出這一切嗎？漢賽爾甚至不敢看葛麗特的表情。

小紅帽停頓了半晌，拍手說道：

「然後葛麗特對女巫說她不會看火爐的火，要女巫示範給她看。當女巫打開火爐的蓋子，往裡面看的瞬間，葛麗特用盡全身力氣把女巫推進去，蓋上蓋子，燒死女巫。再把漢賽爾從牢裡放出來，完成餐具櫃的機關，回到家裡。利用高夫去鎮上工作、家裡只有蘇菲亞一個人的時候，騙她說：『森林裡有間有很多金幣的房子。』蘇菲亞肯定也很驚訝吧。居然是用餅乾糖果打造的房子。不僅如此，還沒有屋頂。」

漢賽爾想起蘇菲亞走進糖果屋時的表情。

——這到底是怎麼回事？世上居然有這種房子？

那個老太婆當時仰望天空，說出這句話。

——只有一扇圓形小窗太暗了，所以太陽下山前先拿掉了。

面對糖果屋沒有屋頂的疑惑，漢賽爾隨口搪塞過去，將蘇菲亞的注意力引導到火爐。

「找到金幣後，蘇菲亞想必不會再追究沒有屋頂的事，結果就被餐具櫃壓扁了。」

繼母真是蠢到極點。可以的話，他真想把這句話說出來。

他彷彿在不斷說著推理的少女臉上看到繼母那張討人厭的臉。「接下來才是重點。」小紅帽無從知曉漢賽爾的心情，眉開眼笑地說。

「你們為了讓別人以為女巫是先殺死蘇菲亞再自殺，從內側鎖上門栓。想當然耳，你們是從沒有屋頂的天花板離開糖果屋的。問題是，內側的牆壁是表面光滑的餅乾，光靠你們的身高爬不上去，所以你們用椅子當台階。」

「跟我來。」小紅帽帶漢賽爾等人走到糖果屋的牆邊。難不成她連椅子的真相都知道了……漢賽爾閉著嘴跟她走去。屋頂和牆壁都倒塌了，可以直接看到地板。這團黑黑的東西是什麼……他定睛一看，是一群螞蟻。

「不同於只是用來擺放杯盤的桌子，椅子要承受人類的重量，勢必要有足夠的支撐力才行。什麼食物具有這麼大的支撐力呢？我想到的是——」

小紅帽用食指指向漢賽爾的鼻尖。

「方糖。」

漢賽爾感覺腦袋被重重地敲了一記。

「你們的計畫是把方糖堆起來，當成台階，以此離開沒有屋頂的糖果屋。然後用事先放在外面的餅乾和糖漿為糖果屋製作屋頂。然而，如果把堆起來的方糖留在屋子裡，詭計一定會曝光。就算推倒，方糖也會集中於一處。因此乾脆一不做、二不休，讓方糖溶化。只要在製作屋頂前，先去附近的小溪汲水回來，從外面倒進去，就能輕易地溶化方糖。餅乾地板之所以會泡漲，以及螞蟻現在之所以集中在一個地方，都是基於相同的原因。」

他雙腿發軟，感覺快暈過去了。

「做好屋頂……要怎麼爬上去架設呢？」

其中一位官員問道。小紅帽也明快地回答了這個問題：

「跟對方糖澆水是一樣的喔。糖果屋側面的牆壁裝飾著許多馬卡龍。如果是體重比大人輕的小孩，要踩著馬卡龍爬上去想必不費吹灰之力吧。」

官員心服口服地點點頭。

呼……小紅帽吐出一口氣，看著漢賽爾。

「你還有什麼話想說嗎？」

小紅帽簡直就像是站在旁邊看他行凶，說得分毫不差，但他也不能因此就認輸。

「這……一切都是妳的妄想吧？」

漢賽爾不急不徐地說。

小紅帽的推理完美得令人生恨，所幸沒有證據。所以，只要推說一切是她的臆測就能粉飾太平了吧。

「昨天晚上，我們是第一次和妳一起進到糖果屋。」

「還不肯俯首認罪嗎？也不承認你們見過女巫、接受過女巫的招待嗎？」

「不認。」

「包括被女巫監禁的事？」

「我不知道妳在說什麼。」

「還有關進牢房的事。」

「都說我不曉得什麼地牢了。」

小紅帽雙眼圓睜，轉身問格奧爾：「你聽見了嗎？」

「聽見了。」格奧爾用力點頭，瞪著漢賽爾。

「兩位官員也聽見了嗎？他說『地牢』。」

「聽、聽見了。」

「我也聽見了。」

他們在打什麼啞謎？

官員對漢賽爾投以箭矢般銳利的視線。

「我只說『牢房』喔。糖果屋是有個『地下室』沒錯，可是昨天晚上我們都沒有看到。如果你昨天是第一次進去糖果屋，怎麼會知道那裡有『地下室』呢？」

完蛋了……漢賽爾在心裡暗叫不妙，但還有反駁的機會。

「我剛才看到啦！餅乾地板掀開後，底下有洞，洞裡有樓梯。怎麼看那都是通往地下室的入口吧？」

「洞在哪裡？」

「在這裡啊！」

漢賽爾繞到門邊，移開變得軟綿綿的威化餅牆，掀開餅乾地板。

地板底下……只有土。

「什麼？怎、怎麼可能？」

他掀開旁邊的餅乾地板，還是只有土。無論是旁邊的餅乾底下，還是再旁邊的餅乾底下，都只有土、土、土。

「沒用的。」

他抬頭看向小紅帽，小紅帽笑吟吟地指著右手邊。昨天那隻熊從樹蔭下慢吞吞地走了出來。

「這裡其實並不是昨天那棟糖果屋所在地。這座廣大的森林裡，有很多這種開闊的地方，所以我剛才請熊先生把糖果屋的殘骸全部搬過來了。」

他的嘴唇開始不受控制地顫抖。

「我再問你一次。漢賽爾，你怎麼知道糖果屋有地下室？」

他感覺全身血液都消失。一屁股跌坐在地上，雙手抓住頭髮……這時，他終於發現。令人毛骨悚然的寂靜，沒聽見流經糖果屋附近的潺湲水聲！

啊，我真是個笨蛋。早在下馬的那一瞬間，就應該發現這裡並不是那座廣場。不只，在那之前，我就應該發現馬一直在無聲的森林裡前進。

彷彿在嘲笑漢賽爾般，瓢蟲「嗡……」地飛過他的鼻尖。小紅帽又說：

「當然這只能證明『你在昨晚發現屍體之前就去過糖果屋』的事實。可是，你為何要隱瞞這件事？當我拆穿這件事，你為何看起來受到這麼大的打擊——」

「哇啊啊啊，葛麗特！」

漢賽爾用雙手猛搥地板。事已至此，一切都結束了。保護葛麗特的勇敢時光、訓斥葛麗特的珍貴時光、還有寵愛葛麗特的甜美時光都結束了……

「夠了，小紅帽，到此為止。」

格奧爾充滿威儀的聲音從漢賽爾的耳中掠過。

「官員們，接下來的審訊就交給你們了。」

「好。啊，對了，小紅帽，這還給妳。」

他扭曲的視野裡，官員把籃子交還給小紅帽。

10

馬背上的兩個孩子簡直像是用稻草紮的人偶，軟弱無力。葛麗特更是毫不抵抗地主動坐上馬背，任官員牽著馬離開了。

兩匹馬正要離去時——

「小紅帽。」

葛麗特開口叫她。官員讓馬停下來。

這個年僅八歲的小女孩低頭看著小紅帽。

小紅帽不知道她要說什麼，屏息以待。

「謝謝妳……」

等到的竟是一句謝謝。

「什麼？」

「可以走了。」

葛麗特立刻轉身對官員說。目送馬背上嬌小的身影搖搖晃晃地漸行漸遠，小紅帽思考她為何要向自己道謝。

難不成，她指出蘋果造型提燈、說出高夫把他們丟在森林裡的事都是故意的，而非不小心說溜嘴——不知道為什麼，小紅帽腦海浮現這樣的想法。

昨晚，葛麗特寸步不離地走在小紅帽身邊。難不成，那並不是基於對小紅帽產生親切感，而是出自對漢賽爾的懼怕？

漢賽爾太愛葛麗特了，可能對她產生不正常的感情。這麼說來，昨天葛麗特說要和小紅帽一起睡時，漢賽爾不是死都不肯答應嗎？

難不成，兄妹倆的房間對漢賽爾而言是甜美的密室，對葛麗特而言卻是痛苦的牢籠——葛麗特臉上始終掛著惴惴不安的表情是因為……

「小紅帽。」

格奧爾的聲音令她猛然回神。

「我接下來要與森林的伙伴用餐，妳要一起來嗎？」

「不了。」小紅帽提起籃子，拒絕了牠的好意。「我還得送餅乾和葡萄酒去修本哈根。」

「那至少讓我送妳回去穿過森林的那條路吧。」

格奧爾在無邊無際的森林裡邁步前行。一路上，小紅帽始終沉浸在思緒中，不發一語。不一會兒就回到了那條路上，格奧爾與她道別，送上祝福：

「隨時都要向前看喔。」

沒錯，向前看吧。小紅帽望著格奧爾離去的身影心想，隨著罪行公諸於世，葛麗特肯定也擺脫了某種束縛。

沒想到會從大野狼身上得到勇氣。

小紅帽覺得有點好笑，踏出新的一步。
離修本哈根愈來愈近了。

第三章　沉睡森林的祕密

1

老爺爺坐在銀光閃閃、造型奇特的椅子上。

從側面到背後有許多大小不一的齒輪，互相咬合，扶手有好幾個鏟子握柄般的搖桿。不僅如此，椅子兩邊還裝了巨大的輪子。

「喂，快救我！」

老爺爺命令小紅帽。自地面隆起、有如八爪章魚般盤根錯節的橡樹根卡住了輪子，令他無法動彈。

「喂，古利潔，動作快一點。」

老爺爺似乎把小紅帽誤認為別人。雖然老爺爺很沒禮貌，但是在顯然不會有任何人經過的森林裡，她不能不出手相助。

小紅帽放下唯一的行李，也就是籃子，繞到他的輪椅後面。後面剛好有根方便手握的橫桿，小紅帽用力推。隨著「哐噹」一聲，輪子立刻擺脫樹根的糾纏。

「呼，得救了。幹得好，幹得好。」

老爺爺的視線這才移到小紅帽臉上，驚訝地猛眨眼。

「妳不是古利潔。」

「不是呀，我是小紅帽。」

「古利潔上哪兒去了？你們什麼時候換班的？」

「從一開始就是我。老爺爺，我正在旅行，在找今晚投宿的地方，可以去你家嗎？」

「妳這個不知天高地厚的小丫頭！居然敢叫古騰修拉夫王國一人之下、萬人之上的紀辛宰相『老爺爺』！」

老爺爺揮舞拳頭想打小紅帽，小紅帽輕巧地閃開。

「不好意思，我不曉得你是身分這麼特別的人。」

說到宰相，相當於掌管一國政局的首長。這位老爺爺是宰相……怎麼可能？他一定是老人癡呆了。

「不過也不是不能留妳過夜。我剛好今晚請了親朋好友來家裡吃飯。妳跟我來吧。」

紀辛爺爺抓住輪椅上的搖桿，以划船的方式轉動。卡鏘嘰嘰、卡鏘嘰……輪子發出機械聲。小紅帽追在移動的椅子後面。

不一會兒，森林豁然開朗，小鎮映入眼簾。紀辛爺爺的椅子發出卡鏘嘰嘰、卡鏘嘰嘰的聲響，爬上小鎮中正央蜿蜒曲折的山路。

山上座落著非常氣派的兩層樓大宅，看來紀辛爺爺當真大有來頭。仔細想想，不夠有錢還做不出這種奇形怪狀的椅子呢！

「宰相！」

好不容易靠近大宅時，有個女孩跑過來。

「哦，古利潔，原來妳在這裡啊。」

「您這麼晚還不回來，我擔心死了。」

頭髮的顏色差很多，但體型與年齡皆與小紅帽相仿。

「妳好，我叫小紅帽，正在旅行。」

「這孩子今晚要在我們家過夜。妳去告訴特洛伊，要他多準備一人份的餐點……怎麼，史木斯那傢伙已經來啦？」

紀辛爺爺看了停在門口的大拖車一眼。車主顯然很不擅長整理，車上堆滿如船隻解體的各種金屬零件。

「是的，剛才到的。布魯克希先生也快到了。」

「這樣啊，今晚似乎會很熱鬧呢。」

小紅帽不經意回頭看向他們剛才走來的山路。

「哇……」

她忍不住出聲嘆息。橙色的夕陽下，街道與森林一覽無遺。她走來的時候沒發現，森林裡有一座擁有三座尖塔的莊嚴城堡，比起灰姑娘參加舞會的月光城堡更大、更雄偉……可是下一秒鐘，小紅帽就覺得哪裡不太對勁。

該怎麼說呢？城堡毫無生氣，外牆斑駁污損，就連尖塔上方都爬滿了藤蔓。

彷彿已經好幾十年沒人住，看起來就像睡著了一樣。

2

在那之後，又過了幾個小時。

小紅帽在大宅的餐廳裡，與紀辛爺爺及另外四人一起圍著橢圓形餐桌用餐。餐桌上的燭台燭火明亮，明明已是黑夜，餐廳卻亮如白晝。

「呵呵呵，妳就是那個把宰相的輪椅從樹根裡推出來的女孩子啊。」

坐在小紅帽對面的是一位滿臉落腮鬍的肥胖男子，他正以看到珍奇異獸的眼神看著小紅帽。

「真是感激不盡。宰相的年紀也大了，早該把位置傳給我，享享清福。」

他神態自若地看了坐在小紅帽旁邊的紀辛爺爺一眼。

小紅帽問了古利潔許多事，並得知紀辛爺爺今年八十二歲，擔任這個國家的宰相已經六十年了。

「哼。誰要把位置傳給你啊，戈涅。你根本不得人心。」

「話不是這麼說的吧？就算沒有血緣關係，我好歹也是你兒子啊。」

「沒有血緣關係就是沒有血緣關係。我是不會把宰相之位交給你的。」

「喂，你們稍微收斂點，在客人面前扯這些，成何體統！」

坐在戈涅隔壁，年約三十的女人打斷道。女人穿著袒胸露背的紫色晚禮服，頭髮梳得很漂亮，不過妝容有點嚇人，嘴唇和指甲都塗成黑色，還畫了黑色眼線。最嚇人的莫過於禮服的胸口別著一隻大蜘蛛形狀的胸針。

「抱歉，小紅帽。我叫修娜希恩，是宰相的姪孫女。」

不同於驚世駭俗的打扮，她的語氣十分親切。

「戈涅是紀辛宰相的養子。因為這個國家現在處於沒有國王的特殊情況，必須由宰相保護。無奈宰相個性古怪，結不了婚，沒有繼承人，只好向鄰近的拉菲爾公國的宰相家領養兒子。」

「『領養』個屁！」

紀辛爺爺暴跳如雷。

「我是『被迫接收燙手山芋』才對吧？再說了，要是妳肯點頭，我早就把這個男人送回去了。」

「我才不要。宰相忙死了吧？要是我成天被政務追著跑，哪有時間觀察天牛的生態啊。」

看樣子，這個作風古怪的宰相一家似乎牽動著這國家的運作。話說回來，沒有國王還能算是國家嗎？

「噫！」

與此同時，小紅帽驚呼一聲。因為修娜希恩胸口的蜘蛛居然動了起來。原來那不是胸針，而是真的蜘蛛。

「哎呀，不乖喔。這孩子家教不太好，真傷腦筋。哈哈哈。」

修娜希恩一把抓住蜘蛛，放回原位。小紅帽已經完全失去食欲了。

「史木斯大哥，不要這樣啦！」

更令小紅帽嚇得花容失色的是她左手邊的男人正發出尖銳刺耳的叫聲。此人留著修剪得一絲不苟的小鬍子，三十歲左右。坐他對面的則是他口中的史木斯大哥。後者的湯盤旁邊有個不可思議的裝置，留著馬桶蓋頭的史木斯轉動著那個裝置的把手，讓圓盤垂直旋轉。

「你真不識貨，布魯克希。這個劃時代的發明或許足以改變人類有史以來喝湯的習慣。」

圓盤上間隔地焊接了八根湯匙，藉由旋轉圓盤，湯匙一次次地把湯舀起來，送進他嘴裡——基本上是這樣的構造。但是湯匙的速度太快了，不僅沒把湯送進他嘴裡，還濺了隔壁的弟弟布魯克希一身。

「史木斯是這個國家最厲害的鐵匠，我的輪椅就是他設計的。」

紀辛爺爺為小紅帽介紹。

「是噢……那真是太厲害了。」

小紅帽迎合著說，史木斯露出得意洋洋的表情。這場晚宴也聚集太多怪人了。

門「砰」地一聲打開。

古利潔和一個四十歲左右，長了張馬臉，貌似僕人的男士走進來。兩人手裡端著盤子，盤上盛著看起來很美味的烤全雞。大宅裡有許多僕人，但好像是由這兩人負責準備餐點。

「哼嗯，烤得恰到好處。」

紀辛爺爺很滿意。

「本來應該由我這個主人幫大家分食，可惜我連站起來都有困難，只好請我最忠實的僕人特洛伊代勞。」

與古利潔一起端烤雞進來的馬臉男人深深一鞠躬，用長長的刀子切開烤雞，分給大家。

所有人默默地看他切烤雞時——

「古利潔，」修娜希恩轉向古利潔說：「聽說妳最近在和納普交往？」

「沒、沒有啊……」

「別想瞞我。許多流言早已經像小蟲那樣飛進我耳朵裡了。」

修娜希恩用黑色指尖撫摸胸前毛茸茸的蜘蛛，質問的音調裡似乎帶著刺。

「妳都不曉得義大利人有多花心。只要是年輕女人，他們都不會放過。」

「哪有……那個人才不是這種人，他說他已為我做了張很華麗的床。」

修娜希恩對急著辯解的古利潔報以同情的冷笑。

「我聽說他已經在學習當木工了。」

鐵匠史木斯插嘴，指著廚房的門。

「手藝不錯，他還拜託我製作幾個跟那扇門一樣的鉸鏈。從兩邊都能推開，而且一個人就能關上，很實用。」

「你閉嘴！」

修娜希恩射來的視線令史木斯嚇得不敢多言。修娜希恩再次對古利潔說：

「總而言之，別跟那種男人混在一起。就算同床而睡，那個男人的心永遠不會是妳的。」

「夠了，修娜希恩。妳這樣在客人面前才是不成體統吧！」

紀辛爺爺一臉不耐煩地說。

「古利潔，接下來交給特洛伊，妳可以去休息了。」

「好的，那我先告退……」

古利潔垂頭喪氣地離開餐廳。看著她的背影，小紅帽覺得有點可憐。

「小紅帽，妳說妳在旅行？」

落腮鬍男人戈涅咬下一口盤子裡的烤雞，突然問小紅帽。

「啊，嗯，對呀……」

「有沒有遇到什麼有趣的事？講講妳旅途中聽到的故事吧，當然也可以是妳自己的經驗。」

「我也想知道！」

修娜希恩「啪！」地拍了一下手，胸前的蜘蛛跟著動了一下。

「聽起來很有意思，請務必說來聽聽。」

紀辛爺爺也附議。史木斯和布魯克希兄弟皆以期待的眼神看著小紅帽。

「那就恭敬不如從命了。」

小紅帽放下刀叉。剛好她也覺得平白無故受邀晚宴，應該回報點什麼才對。如果說故事就能搞定的話，那再好不過了。

「事情發生在我出門旅行才過了幾天的時候。」

小紅帽娓娓道來。

「當我來到月光城堡附近的村落，走在溪畔的小徑時，遇見一位名叫芭芭拉的女巫——」

＊

講完灰姑娘與漢賽爾、葛麗特兄妹的故事後，餐廳裡靜得連一根針掉地上都聽得見。小紅帽不禁擔心他們是不是不喜歡這種故事。

「太精彩了！」

戈涅拍手叫好。緊接著修娜希恩、史木斯、布魯克希、紀辛爺爺也為她鼓掌喝采。

「真了不起。小紅帽，看不出來妳這麼聰明。」

鐵匠史木斯轉動著喝湯機大笑，他面前的桌布已經被徹底染成黃色，或許是不勝酒力，史木斯漲紅了臉。

「哥，你真沒禮貌，居然說看不出來。」布魯克希說。

「我聽得好感動啊，小紅帽。感動到想為妳做一座雕像。」史木斯說。

「是嗎？那真是謝謝你了。」

小紅帽向他道謝。

「我勸妳最好不要。」修娜希恩猛搖端著酒杯的左手。

「這個變態雕刻家只會做裸女雕像。」

「什麼？」

「不過賞識的人們倒是給予很高的評價，聽說我的祖國——拉菲爾公國貴族的訂單如雪片般飛來呢。大家都喜歡官能性的作品。」

戈涅哈哈大笑。布魯克希也嘿嘿嘿地邊笑邊喝葡萄酒。再也沒有比藉酒裝瘋說下流話的大男人更噁心的物種了。幸好小紅帽似乎還有一點發言權，趕快把話題導向新的方向。

「可以換你們告訴我這個國家的故事嗎？」

戈涅停止嘻笑。紀辛爺爺看著小紅帽問道：

「妳想聽什麼故事？」

「這個國家為什麼沒有國王？還有，森林裡有一座爬滿藤蔓，彷彿睡著了的城堡，那又是怎麼回事？」

紀辛爺爺「嗯嗯嗯」地猛點頭。

「喂，特洛伊，演奏那首曲子。」

「好的。」

僕人特洛伊領命。房間角落有一座用木頭製成，不知道是什麼的機器。小紅帽第一次看到這種機器。紀辛爺爺解釋，那是能演奏古今音樂的風琴。

「修娜希恩。」

「好的。」

修娜希恩乾脆地起身。特洛伊已經在風琴前就座，掀開長方形的琴蓋。

「真想讓妳聽聽特洛伊和梅萊的四手聯彈啊。」紀辛爺爺喃喃自語。

「那個不肖子，現在大概又喝得酩酊大醉了。」布魯克希代為回答。

這時，耳邊傳來風琴悠揚的旋律。「嗯哼。」修娜希恩清了清喉嚨。

「那是很久很久以前的事了～」

修娜希恩把雙手置於胸前，開始獻唱。她的歌聲清亮婉轉，彷彿能傳到夜空的盡頭。

「古騰修拉夫的城堡裡～誕生了一位公主～國王、王后、還有人民都非常高興～公主的美貌就好比～閃爍在夜空中的夢幻光亮～因此將公主取名為歐若拉～」

以下是那首歌的內容——

為了慶祝歐若拉公主誕生，國王邀請住在森林裡的十二位女巫參加宴會。宴會的尾聲，女巫們為歐若拉公主獻上祝福以做為回禮。

第一位女巫的祝福是財富。
第二位女巫的祝福是能被更多人所愛。
第三位女巫的祝福是如花似玉的美貌與秀髮。
第四位女巫的祝福是雪白的肌膚。
第五位女巫的祝福是不會染病的健康身體。
第六位女巫的祝福是一輩子都不受水患之災。
第七位女巫的祝福是一輩子都不受火燒之災。
第八位女巫的祝福是一輩子都不受野獸傷害。
第九位女巫的祝福是即使吃到毒藥也不會死。
第十位女巫的祝福是能歌善舞。
第十一位女巫的祝福是到了適婚年齡能與命中注定的人共結連理。
……第十一位女巫剛獻上她的祝福時，宴會廳突然吹過一陣腥臭的強風，連闔上的窗戶都被吹開了，有個烏漆墨黑的東西飛到公主面前——一個老太婆現身。
那是住在森林裡的第十三位女巫。這位女巫的性格十分惡劣，明明沒有受邀，卻又不知從哪裡聽到今天是慶祝歐若拉公主誕生的宴會，認定只有自己被排除在外，大為光火地找上門來。

「啊，真的很對不起。我想說您很忙，不好意思勞駕您。」

國王的藉口並未澆熄第十三位女巫的怒火。

「你最好知道瞧不起我會有什麼後果！」

第十三位女巫用枯枝般乾巴巴的手指，點向歐若拉公主小巧的鼻尖，說出惡毒的詛咒：

「歐若拉公主十六歲生日那天會因為指尖被織布機的紡錘刺到而死！」

第十三位女巫留下尖銳的笑聲，再次變成一團漆黑，從窗戶飛出去。事發突然，國王反應不及，王后哭倒在地。才剛出生就背負著只能活到十六歲的命運，公主實在太可憐了。

然而，就在這個時候——

「交給我吧。」

有人舉手發言，是坐在宴會廳末端的第十二位女巫。大家這才猛然想起，她還沒為歐若拉公主獻上祝福。

「很遺憾，那個女巫的法術比我強大，所以我無法完全斷除公主身上的詛咒，但我可以削弱詛咒的威力。歐若拉公主在十六歲生日那天即使碰到織布機的紡錘也不會死，只會陷入沉睡狀態。沉睡將持續百年，期間什麼事也不會發生。直到一百年後，如同剛才第十一位女巫獻上的祝福，命中注定的人會來喚醒她。」

喔……在座歡聲雷動。雖然要陷入沉睡，但總比年紀輕輕就死於非命來得好。

不過，國王仍誓言無所不用其極地抵抗第十三位女巫的詛咒。第二天就回收全國的織布機，燒成灰燼。歐若拉公主也在女巫們的祝福下，幸福且無災無病地長大。不僅如此，自從歐若拉公主年滿十五歲又一個月的某一天起，就被禁止踏出房門一步。

因此除了至親以外，歐若拉公主不與外界接觸的情況持續了十個多月，終於來到十六歲生日那天。歐若拉公主一早醒來，發現有位長相英俊的美少年站在床邊。這位少年其實是壞心的第十三位女巫派來的手下，由蝙蝠幻化而成，但歐若拉公主並不知情。

「歐若拉公主，請拿這把鑰匙去城堡東邊塔頂的房間，國王送妳的生日禮物就在那裡。」

歐若拉公主歡天喜地地接過鑰匙。不僅可以久違地踏出房門，還可以去從小就被交代絕不能靠近而一直令她很好奇的房間。

這一切肯定都是為了在這一天給她驚喜吧。歐若拉公主爬上東邊的塔，用鑰匙打開房門。房裡空蕩蕩的，正中央有個散發著金色光芒，不可思議的工具。看起來像水車，卻沒有用來汲水的葉片，而且比水車小得多。

這其實是城堡代代相傳的寶物——黃金織布機。傳說中，昔日古騰修拉夫城遭敵人攻打時，當時的王后踩著織布機，唱起祈勝之歌，歌聲掀起狂風，吹跑敵兵。所以唯有這台織布機，國王再偏激也不敢燒掉，但又不能放在歐若拉公主碰得到的地方，只好收進東邊塔頂的房間裡，不許任何人靠近。

對此一無所知的歐若拉公主伸手探向織布機，觸碰紡錘。可憐的歐若拉公主就這麼陷入了百年的沉睡。

王后悲痛得令人不忍卒睹。

「百年後，我和國王、隨從們會都死去，周遭只怕都是不認識的人。」

「振作一點。第十二位女巫不是說過，命中注定的人會來喚醒她嗎？」

國王安慰王后，無奈王后怎麼也聽不進去。

「你根本不明白事情的嚴重性，我們只有歐若拉這麼一個孩子呀！」

王后生下歐若拉公主時難產，從此無法生育。

「這個國家規定國王要由男人擔任。既然如此，就只能指望歐若拉生下王子。問題是，歐若拉的丈夫一百年後才會出現，並與歐若拉結婚。你能活到那時候嗎？從你死後到歐若拉誕下王子的這段期間，王位將一直空著，別的國家可能會趁虛而入啊。」

「還有一絲希望。」

「歐若拉都被詛咒了，還有什麼希望！」

王后悲傷地尖叫時，有個男人挺身而出，那就是宰相。

「請恕我僭越，國王陛下、王后陛下，我願誓死保衛這個國家。當我老去，我的繼承人、繼承人的繼承人一定會讓這個國家的政局穩定，隨時做好迎接歐若拉公主命定之人的準備。」

「喔，拜託你了。」

國王用力握住宰相的手。

在那之後，為了以防萬一，他讓歐若拉公主睡在城堡最難進入的房裡。而那正是東邊塔頂的房間，真是太諷刺了。國王很快差人搬來豪華的大床，放在傳說中的黃金織布機旁邊。

——修娜希恩唱完這首歌，看起來累壞了，一口氣喝下整杯水，「呼」地喘了口氣，坐在椅子上。

「如何，小紅帽？」

紀辛爺爺看著小紅帽。

「這麼一來，妳應該知道我古騰修拉夫王國目前的處境了。」

「知道是知道，但難道歌詞裡的宰相……」

「還用問嗎？就是我啊。歐若拉公主沉睡的四年後，王后因為心力交瘁去世，國王不久也隨她而去。從此以後，我就代替國王治理這個國家。」

「歐若拉公主還沒醒來嗎？」

「嗯，今年已經四十年了。」

四十年！光是想像睡了這麼久，小紅帽就覺得頭皮發麻。

「現在還有人住在城堡裡嗎？」

「沒有。當時的隨從都死了，我一個人也不可能住在那麼大的城堡裡。」

「公主孤零零地沉睡也太可憐了。」

「我每個月都會去看她，城堡其他時間則牢牢上鎖，所以不用擔心。這麼說來，明天就是每個月一次探望歐若拉公主的日子。小紅帽，妳要一起去嗎？」

「好呀，請務必讓我同行。」

從未見過真正的公主，小紅帽內心充滿期待。

「對了！」

史木斯突然站起來。

「宰相，你得先把鑰匙給我。今晚必須先去城裡把盔甲拿出來。」

「我知道。現在還在聊天，晚點給你。坐下，坐下。」

紀辛爺爺一臉不耐煩地要史木斯坐下。

當晚，晚宴於十一點過後劃下句點。史木斯與布魯克希離開大宅，紀辛爺爺和戈涅、修娜希恩各自回房。小紅帽也回到客房，因為吃得太飽，一躺下就睡著了。在睡美人的國度裡，沉沉睡去。

3

「妳的頭髮沾到東西了。」

小紅帽把手伸向送牛奶來的古利潔，她的瀏海上沾著美麗的金色線頭。

「妳從哪裡沾到這種線頭？」

「我也不知道……」古利潔搖搖頭，為小紅帽倒牛奶。

小紅帽與紀辛爺爺和修娜希恩在昨天用餐的餐廳吃早餐。早上九點，據說滿臉鬍子的壯漢戈涅平常這個時間也還沒起床。

「老爺！」

僕人特洛伊突然像陣暴風似地衝進來。

「大事不妙，老爺，怎麼辦，老爺！」

「發生什麼事了？瞧你這麼慌張。」

「梅萊被官差抓走了，罪名是殺人。」

「你說什麼！」

紀辛爺爺猛然將輪椅轉向特洛伊。

關於特洛依的兒子梅萊，小紅帽昨晚也聽說了他的種種作為——他從小就跟父親一起在紀辛爺爺的大宅工作，今年剛滿二十歲，因為覺得「誰要一輩子耗在這座大宅裡呀」而離家，從此就與鎮上的小混混一起鬼混，終日飲酒作樂、遊手好閒。

「今天凌晨，他們在丘陵西區的棧板廣場中央發現了小混混金恩的屍體，遇刺身亡。」

特洛伊說道，臉色就像還沒熟的青蘋果。

「沒找到凶器，官差搜索犯人的時候，發現梅萊醉醺醺地躺在山腳下的榛樹叢裡。梅萊的衣服染滿血跡，身旁還有沾了血跡的刀子，官差當場搖醒梅萊，將他逮捕。」

「梅萊怎麼說？」

「他大呼冤枉，說自己沒有殺人。於是官差派人來向我報告。梅萊雖然貪杯，但絕不敢動手殺人。怎麼辦？老爺。」

「不行，不行，這下子傷腦筋了……」

紀辛爺爺把已經少得可憐的頭髮抓得亂七八糟。

「如果他是無辜的，只要為他平反不就好了？」

只有修娜希恩一臉雷打不動的鎮定。

「誰能為他平反？」

「你忘了嗎？宰相。」修娜希恩的視線輕飄飄地落在小紅帽身上。「這丫頭解決了好幾樁難解的案子呢。」

「咦？」

正在喝牛奶的小紅帽看著所有人，大家都對她投以期待的目光。

＊

監獄在山坡下的南邊。紀辛爺爺、特洛伊、修娜希恩、小紅帽四人一到，便與關押的犯人梅萊隔著鐵窗見面。手裡拿著槍，粗眉毛的獄卒面目猙獰地瞪著一行人。

「老爸，我沒有殺人，相信我。」

梅萊向特洛伊求救的樣子極為窩囊，明明已經二十歲了，看起來卻像是幼稚的少年。話說回來，這對父子長得真不像，感覺梅萊相像的是別人。

「別擔心。這位是小紅帽，她會為你洗刷莫須有的罪。」

「小紅帽？」

「咳咳、咳咳。」獄卒刻意咳了兩聲。

「即使是宰相家的人，殺人犯就是殺人犯。刑責一旦確立，就得斬首示眾。」

「我明白，但我總有權利調查是否有冤屈吧！」

「你們很難為這傢伙幹的好事翻案吧？畢竟襯衫都沾滿了血。」

「你知道被害人遇害的正確時間嗎？」

小紅帽問道。獄卒面露難色，但仍把槍夾在腋下，從胸前的口袋裡掏出對折的紙。

「凌晨三點，棧板廣場對面的鞋店老闆聽到叫聲，打開窗戶一看，正好看見金恩倒下與倉皇逃走的男人背影。除此之外，還有許多人都在同一時間聽到叫聲。」

「當時我在東區！」

梅萊大聲喊冤。

「我在『混混酒吧』喝到半夜三點，喝到被趕出來。」

「這點已經向『混混酒吧』的老闆求證過了。正確地說，你是在兩點四十分離開那家店。」獄卒看著那張紙說道。

「即使喝醉了，從東區的店走到西區的棧板廣場也用不上十五分鐘。足以在三點殺死金恩。不如說，時間剛剛好。」

「才怪！後來我想喝水，去了東區中央廣場的水井。那裡好多人，根本無法靠近水井。因為附近發生火災，大家都在滅火。」

「這也是事實，但是從酒吧去西區的途中也有機會看到那場騷動，無法證明你沒有殺人。」

「獄卒先生，你可以先靜下來聽梅萊先生把話說完嗎？」

獄卒雖然不滿，也只能應允。

「我正打算放棄喝水的時候，想起絕望長椅旁邊有個幫浦。」

「絕望長椅？那是什麼？」

基於好奇跟來湊熱鬧的修娜希恩回答小紅帽說：

「那是位在東區廢墟裡的長椅。那座廢墟原本是出租公寓，前前後後有三名房客自殺後，就再也沒有人敢靠近了。」

獄卒皺眉看著正用雙手把玩大蜘蛛的修娜希恩。小紅帽接著問：

「梅萊先生，你去了那裡嗎？」

「對。我還以為那裡沒有半個人，沒想到居然有一對年輕情侶。男人披著黑色的斗篷，看不到臉。女人長得非常標緻，好像剛洗過澡，頭髮還是濕的。我問他們：『我可以喝水嗎？』男人回答：『可以。』於是我用手接從幫浦打上來的水喝，喝完馬上就走了。當時我還看了絕望長椅旁邊的時鐘，指著三點。昨天月光很亮，絕對不會看錯。後來我在那一帶到處閒晃……醒來的時候發現自己躺在草叢裡睡著了。」

「只要找到那對情侶，不就可以證明梅萊先生的清白嗎？」

事情似乎比想像中簡單。獄牢嗤之以鼻地折起那張紙。

「我們早就找過了，可是到處都找不到那兩個人。再說了，哪有情侶會在半夜三點幽會？肯定是他胡說八道！」

哐噹！紀辛爺爺勃然大怒地轉動搖桿。

「別忘了你現在說過的話，你這個怠忽職守的官差！梅萊，我們一定會洗刷你的冤屈。」

為何對僕人的不肖子如此在乎……這時，小紅帽終於看懂了。

梅萊長得不像父親特洛伊，倒是與紀辛爺爺長得一模一樣。

4

「特洛伊先生，我想請教你一件事。」

為了找到那對情侶做證，前往東區的路上，小紅帽壓低聲音不讓其他人聽見，小聲地問特洛伊。

「梅萊先生真的是你兒子嗎？他其實是紀辛爺爺的兒子吧？」

「怎麼可能！」

特洛伊大吃一驚地否認。

「梅萊是二十年前我和妻子生的。妻子在五年後得了肺炎死了。再說了，宰相和梅萊的年紀也差太多了。」

梅萊生於二十年前的話，當時紀辛爺爺六十二歲。雖然不是不可能生小孩，但確實有點勉強。

「可是梅萊先生和紀辛爺爺長得好像。」

「只是巧合吧。小紅帽，這件事與本次的命案有關嗎？」

被一本正經的人以一本正經的語氣這樣問，小紅帽無言以對。

「抱歉。」

小紅帽閉上嘴巴，不再追問。

走了大約十五分鐘，抵達東區時，剛好碰上一陣混亂。許多看熱鬧的民眾聚在發生火災的房子前。

「那不是史木斯的家嗎？」

卡鏘嘰嘰、卡鏘嘰嘰……紀辛爺爺加快輪椅的速度，靠近那棟房屋。前面是史木斯滿身煤灰的身影。他頂著亂七八糟的馬桶蓋頭，正拚命從燒燬的屋子殘骸裡搬出打鐵的工具、做到一半的金屬板等器物。

「喂，史木斯。」

「啊！不、不好意思，宰相。」

史木斯看到他們，跑到紀辛爺爺腳邊跪下，無地自容地打了自己一巴掌。

「昨天我去城裡借盔甲，回家後想說再工作一下，就生了火。」

最近，鄰國在打古騰修拉夫王國主意的傳言甚囂塵上。為了鞏固國防，紀辛爺爺委託鐵匠史木斯複製盔甲。那副盔甲放在古騰修拉夫城一樓的「謁見廳」裡，昨天晚宴結束後，史木斯就去城裡把盔甲搬回家。小紅帽總算明白史木斯拖著拖車去大宅，和他們提到城堡鑰匙的原因了。

「問題是我昨晚喝了酒，不小心打起盹來，覺得怎麼好熱的時候，周圍已經是一片火海了。」

「怎麼這麼不小心……」

「喂，史木斯！」

看熱鬧的人群中，有個禿頭男子大聲咆哮。

「昨晚我們要滅火，你為什麼拒絕？」

「對呀，我把家裡所有的鍋碗瓢盆都拿來裝水了。」

胖女人也跟著叫囂。斥罵史木斯的聲音此起彼落，眼看局面就要無法收拾。

「吵死了！」

修娜希恩響徹雲霄的聲音撕裂空氣。圍觀群眾一下子安靜下來，修娜希恩瞪著史木斯說：

「這是怎麼回事？史木斯。你幹嘛不接受大家的幫忙？」

史木斯支吾其詞：

「因為……是我引起的火災，必須由我負責撲滅。別看我這樣，我也是有責任感的人。」

「開什麼玩笑，我家有五個年紀還小的孩子喔！萬一火勢延燒，你打算怎麼負責！」

剛才的胖女人破口大罵，還把鞋子扔過來。此舉點燃了導火線，磚塊的碎片及樹枝從四面八方飛來，圍觀群眾再度激動起來。

「真受不了，這個國家愛鬧事的人還真多。」

這次不曉得從哪裡傳來風涼話，所有人同時轉身怒視那個人。

「可惜小生對戀愛以外的喧囂不感興趣。」

有個咖啡色頭髮，五官長得格外端正的男人像個陀螺似地轉圈走來。白襯衫沒扣釦子，左邊胸前的口袋插著紅玫瑰，手裡捧著金屬圓盤和繩索。綠色的吊帶褲、白皮鞋擦得閃閃發光，幾乎可以當鏡子用，繫在腰際的皮帶別著腰包，裝滿鐵鎚及鋸子等工具。

「納普！」

史木斯叫道。小紅帽想起來了，那人是正與古利潔交往，來自義人利的花花公子。

「史木斯先生，我拿來了，請稍等一下。」

納普抱著圓盤，輕鬆地爬上燒燬房子附近的行道樹。然後用鐵鏈將圓盤固定在沒燒到的粗壯樹枝上，再從側面穿過繩索，讓繩索兩端垂在地上。

「這是滑輪。將其中一頭綁在燒燬而崩塌的柱子上。就像邱比特用命運的紅線連起牧羊青年與擠奶女孩那樣。」

這男人說的每句話都好做作。真受不了，小紅帽在心裡翻著白眼。

史木斯抓住從滑輪垂到地上的繩索一頭，走進燒燬的房子，綁在特別巨大、已經燒得面目全非的柱子上。因為從城裡帶回來的盔甲就壓在底下。

「來吧，大家一起抓住繩子的另一端，用力拉。別發呆了，如今正是發揮愛的力量的時刻。所有人一起，握住繩子。」

花花公子在樹上催促小紅帽等人。坐在輪椅上的紀辛爺爺就算了，小紅帽、修娜希恩、特洛伊、以及圍觀群眾都反射性地聽令拿起繩子。

「配合我的吆喝聲用力拉喔！來吧，amore註！amore！」

納普抽出胸前的紅玫瑰，揮舞著帶頭吆喝。雖然覺得這吆喝聲實在愚不可及，但小紅帽仍拚命地用力拉。

「定滑輪的原理是這樣的，如果繩子從兩端垂直下降，單純對繩子施力的話，兩個方向的受力會互相抵銷。可是如果繩子不是垂直，就需要稍微大一點的力量。所以各位就算覺得有點吃力也要加油喔！」

納普說了一大串滑輪原理後，又開始「amore、amore」地吆喝。不一會兒，終於拉起粗壯的柱子，史木斯拖出底下的盔甲。

「可以了！」

聽到史木斯的聲音，所有人同時放掉繩子。粗壯的柱子「咚！」地一聲又倒回滿地瓦礫上。

「宰相，如你所見，盔甲平安無事。」

「是嗎？那就好。」

紀辛爺爺看著史木斯問道：

「昨晚這場大火幾點發生？」

「兩點半過後吧。」

「我記得絕望長椅就在這附近。」

「是的，走路過去只要三分鐘。」

差點被火災打亂步調，一行人來到東區，其實是為了尋找梅萊沒有殺人的

註：義大利文「愛」的意思。

人證。史木斯的家距離絕望長椅的廢墟不到三十公尺。

「請問各位，昨晚有人去過廢墟嗎？應該有一對情侶出現在絕望長椅那邊。」

小紅帽問圍觀群眾。

「誰會三更半夜去那種傳說中鬧鬼的地方啊？」

「對呀對呀。更何況附近都發生火災了，還在那麼近的地方幽會，怎麼想都太沒有常識了。」

「說的也是……」

特洛伊憂心忡忡地看著小紅帽。小紅帽又問圍觀群眾：

「發生火災時，這一帶的居民都聚集在這裡嗎？」

「嗯？應該不是所有人吧，畢竟也有人睡死了，沒察覺到。」

「我老公就是這種人喔。鼾聲如雷，睡得可香了。」

「這麼說來，那傢伙就沒出現，現在也沒見到人。」

圍觀群眾中一個臉紅通通的人東張西望地說。

「那傢伙是指？」

那人「哼！」地笑著回答：

「史木斯的弟弟，變態雕刻家布魯克希。」

＊

布魯克希家就在史木斯家的正後方。拍打玄關門，布魯克希打著哈欠出來應門。跟昨天不一樣，他身上穿著皺巴巴的直條紋衣服，引以為傲的小鬍子也沒修整。

「哈……這不是宰相嗎？還有其他人。你們怎麼都來了？有什麼事嗎？」

「梅萊因為殺人罪嫌被捕了。」

紀辛爺爺告訴他事發經過。

「──所以我們在找那對目擊證人情侶，布魯克希，你有什麼頭緒嗎？」

布魯克希睡眼惺忪地聽完他的敘述後回答：「沒有。」

紀辛爺爺狐疑地盯著他。

「我們可以進去嗎？」

「啊，呃……當然……請進。」

他大概是無法拒絕宰相的要求。

布魯克希家裡很寬敞，拆掉隔間牆，只有一個大房間。進門右側的牆邊是兼做餐桌使用的流理台，和只有一床薄被和廉價枕頭的床，除此之外都是雕刻的空間。有四尊製作到一半的裸體雕像，牆邊有個裝滿黑色液體的大浴缸。應該不是拿來洗澡用，但那個液體是什麼？

「布魯克希先生，你昨晚從大宅回來就立刻就寢嗎？」

「嗯……對呀。」

布魯克希邊打哈欠邊回答小紅帽的問題。

「我一躺到床上就睡著了，直到剛才大家來找我，睡得可熟了。」

「也就是說，你不知道史木斯先生家失火嗎？」

「什麼？」

布魯克希發出錯愕的驚叫聲，衝向後面的側門，一把推開。

「媽呀，真的耶。連我家側門的木板都燒焦了。」

小紅帽也從後門往外看。

小小的後院裡陳列著十來尊裸女雕像。雕像間有條石子路，低矮的圍牆設有一扇如今已燒焦的木門。化為灰燼的史木斯家看起來怵目驚心。

「就在你家正後方，而且是親哥哥的家都燒掉了，你居然還睡得著！」

修娜希恩說道，擅自把玩流理台上的咖啡色物品。

「最近我的酒量變得好差。喂，不要亂動！」

「這是什麼？」

「黏土啊，用來為石膏塑形。」

小紅帽的視線不經意地落在腳邊，有塊黑色的物體。她蹲下撿起來一看，是木炭碎片。從沾在指尖的污漬判斷，應該是最近才燒過的木炭。

仔細看，地板上還有煤灰。

好奇怪啊……

「喂，搞什麼鬼。這不是棺材嗎？我還以為是床板。」

這次換紀辛爺爺掀開床單，露出黑色的棺材。

「你躺在這麼硬的東西上面居然睡得著。」

「這是認識的葬儀社給我的，剛好可以裝東西。宰相，可以不要亂掀嗎？」

「浴缸裡的黑色液體又是什麼？」

修娜希恩又發問了。

「難不成也是你的作品？」

「這是用來研磨石材的特殊液體啦。夠了吧，你們不要隨便亂動！」

「有什麼關係嘛……啊！」

噗通一聲，好像有什麼東西掉進水裡。

「哎呀！慘了！救命啊！救命啊！」

「又怎樣了？」

「我心愛的小蜘蛛掉進去了。哇啊啊，怎麼辦？怎麼辦？」

修娜希恩方寸大亂地在水裡亂撈，濺起黑色的水花。接著，有把木杓從她旁邊伸進去，耳邊傳來木杓「哐！」地撞到硬物的聲響時，蜘蛛被撈起來了。

「小心點。」

僕人特洛伊說。

「啊，謝天謝天。對不起啊，小蜘蛛。」

「鬧夠了沒！」

布魯克希氣炸了。

「你們可以不要擅自在別人家翻箱倒櫃嗎……總之我什麼都不知道。我也是現在才知道史木斯大哥窯裡還升著火就睡著了。」

質問只能趁現在了，小紅帽心想。

「布魯克希先生，你怎麼知道史木斯先生窯裡還升著火就睡著了？」

「咦？」

布魯克希有一瞬間露出退縮的模樣，但隨即「呵呵」笑道：

「我大哥可是鐵匠喔，鐵匠家失火，任誰都會覺得是窯裡的火沒有弄熄吧？」

「這裡有木炭的碎片，不僅如此，地板上都是灰喔。據我觀察，府上的廚房沒有用火的痕跡，所以這一定是昨晚火災的灰。」

「這是什麼意思？小紅帽。」

紀辛爺爺問小紅帽。

「我猜史木斯先生家失火時，其實有一段時間後門是開著。」

「才沒有。」布魯克希立刻否認：「我剛才說過了，我回來就馬上躺平睡著了。」

「可是，你身上的衣服不是昨晚那件。」

「呃？這是，那個……」

「就像是刻意換掉沾到煤灰的衣服。」

「……」

「布魯克希！」

紀辛爺爺的怒吼讓布魯克希嚇了一跳，四雙眼睛全都直勾勾地盯著他看。布魯克希像是被一群蛇包圍的小老鼠，以怯生生的眼神輪流打量其他人，額頭出油冒汗。

「我……我投降……」沒多久，布魯克希小聲地說。「昨晚我從宰相家回來，確實馬上睡著了。不料半夜卻被大哥『幫幫我！』的聲音吵醒。」

布魯克希邊回想邊面向側門說道。

「一打開門，大哥就站在門口，身後是起火燃燒的房子。『我升完火就睡著了』……大哥先告訴我火災起因，接著又說：『現在大批看到失火的人都圍在我家前面，可是如果讓他們進屋救火，一定會被發現。』」

「發現什麼？」

「皇家鎧甲……」

「你說什麼！」

紀辛爺爺險些從輪椅上摔下來。

皇家鎧甲——那是前任國王的鎧甲，上頭裝飾著無數寶石。也是這個國家的國寶，嚴禁帶出古騰修拉夫城。

「大哥昨天去謁見廳取盔甲時，因為國王寶座上的鎧甲實在太美了，看得他鬼迷心竅，忍不住用拖車載回家。大哥交代我：『我在前面擋住居民，你趁這段時間把鎧甲搬到你家藏起來。』他不等我答應就跑走了。我衝進大哥家的熊熊烈火中，一眼就找到皇家鎧甲。因為實在太重了，來回三趟才總算全部搬出來……」

「鎧甲現在在哪裡？」

「就在這裡吧。」

站在浴缸旁的特洛伊搶先布魯克希回答。

「剛才我感覺木杓碰到了堅硬的金屬。」

特洛伊捲起袖子，雙手伸入黑水中，不一會兒便拉出一副裝飾著寶石，看上去美麗不可方物的鎧甲。布魯克希看到鎧甲的身體部分，露出隨時都要哭出來的表情。

5

通往古騰修拉夫城的林中小徑上，小鳥的叫聲悅耳動聽，從枝葉間灑下來的陽光很舒服，但一行人之間瀰漫著彷彿期待已久的蛋糕不小心烤焦的尷尬氛圍。

「真是的！真是一對目無法紀的兄弟。」

卡鏘嘰嘰、卡鏘嘰嘰……紀辛爺爺操控著輪椅走在最前面，顯然餘怒未消。史木斯和布魯克希跟在輪椅後面，手裡捧著皇家鎧甲。史木斯搬運頭盔和上半身，布魯克希則負責搬運下半身。

「現在根本不是做這種事的時候嘛，我們得快點找到那對情侶才行。」

修娜希恩對特洛伊抱怨。

「可是，皇家鎧甲是國寶，必須趕快放回城堡。」

「你也太固執了，那也不用這麼多人浩浩蕩蕩一起去啊。對了，派妳去找那對情侶不就好了？」

修娜希恩轉身對小紅帽說。

「可是這邊或許有什麼線索，村民應該會幫忙找出那對情侶。」

離開東區時，紀辛爺爺以宰相之名直接對村民下動員令，要他們找出三點左右見到梅萊的情侶。另一方面，小紅帽無論如何都想參觀城堡。

古騰修拉夫城莊嚴的鐵門出現眼前，紀辛爺爺在鐵門前停下輪椅，火速掏出剛才從史木斯手中拿回來的鑰匙。

「宰相，鑰匙給我。」

布魯克希以驚人的速度把鎧甲放在腳邊，伸手拿取。居然把重要的鎧甲放在地上……小紅帽還來不及驚訝，布魯克希已經把紀辛爺爺給他的鑰匙插進鑰匙孔，轉了一圈。咔嚓。門內響起開鎖的聲音。

布魯克希把鑰匙放進口袋，推開門，抱起鎧甲，一馬當先走進去。

咦——？看到布魯克希的舉動，小紅帽的腦海浮現一個危險的假設。

裡面很暗，特洛伊拿出火柴，點亮牆壁各處的燭台。石板走廊的正前方有一扇大門，左右兩邊各有一扇小門。特洛伊打開正前方的門。

是謁見廳。紅地毯一路延伸到國王寶座，兩旁陳列著與在史木斯付之一炬的家裡發現的盔甲相同造型的盔甲。

「快點放回去！」

在紀辛爺爺的催促下，史木斯與布魯克希小跑步地奔向國王的寶座，將鑲滿寶石的鎧甲放在寶座上。

「聽好了，這次饒你們一命，千萬不可以再把鎧甲帶出城外！」

「真的非常抱歉，我再也不敢了。」

史木斯深深低頭致歉，頭低得不能再低。

「回去找證人吧。」

「等一下。」

小紅帽見機不可失。

「既然都進城了，我想一睹歐若拉公主的睡姿再走。」

唐突的要求令在場所有人困惑不已，只是沒想到居然有人跟著附和。

「說的也是。」布魯克希說。「今天剛好是確認歐若拉公主是否平安無恙的日子，不是嗎？」

「是沒錯啦……好吧，那就順道看一眼。這是東塔的鑰匙，你們去就好。」

紀辛爺爺把手繞到脖子後面，解開項鍊，上頭有一把小巧的鑰匙。布魯克希接過鑰匙，走出謁見廳，從左側的門走進東塔。

布魯克希開門走進去，身後依序是小紅帽、特洛伊、修娜希恩。史木斯有如洩了氣的皮球，說要和坐輪椅的紀辛爺爺留在下面等。

爬上迴旋樓梯，走到頂樓的房間前，布魯克希立刻從口袋拿出剛才的鑰匙開鎖。塔的鑰匙和房間的鑰匙似乎是同一把。

打開門，最先映入眼簾的是房間正中央的黃金織布機。

昨天已經聽過修娜希恩的歌，但實際看到的織布機比小紅帽想像的更華麗也更堅固。

房裡還有兩張用木頭製成，擺在牆邊附有白色扶手的椅子，旁邊有一張很可愛的床，蕾絲帳幔底下是看起來很柔軟的綢緞棉被……

「咦？」

特洛伊驚訝得差點跳起來。

「這、這、這是怎麼一回事？」

床上沒有人。特洛伊掀開棉被，床單一絲皺褶也沒有，看不出有人睡過的痕跡……與其這麼說，更像是前一刻才換上新的床單。

「歐若拉公主！歐若拉公主！」

「真是的，今天也發生太多事了吧！真是一波未平、一波又起。」

在布魯克希與修娜希恩情緒隨時要爆發的氣氛下，小紅帽格外冷靜，先檢查歐若拉公主的床。

枕頭的金絲刺繡綻線了，小紅帽好像在哪裡看過那種金線。

接著，小紅帽走向窗戶，那是除了他們剛才進來的門以外，唯一的出入口。

木頭窗框高度及腰，大小足以讓一人鑽過。相較於城堡的老舊，窗框的木材還很新，鉸鏈也沒有生鏽。窗戶並未上鎖，輕輕一推就開了。小紅帽探出頭，小心不要掉下去地看著下面。

離地約四十公尺，一般人無法進出，但是外牆的石縫有可以讓手指或腳尖扣住的凹槽，所以倘若是懂得攀岩的人，倒也不是爬不上來。

緊接著，小紅帽往上看：之前大概安裝了懸掛式的照明設備，有一根鐵棍從窗戶正上方的牆壁突出來。

小紅帽回到房間裡，從在一旁看著她搜尋線索的布魯克希、修娜希恩、特洛伊面前走過，走向黃金織布機。小心翼翼地拿起紡錘檢查，發現手動的部分可以輕鬆地拆下來。側面有個凹陷處，很像剛才在火災現場看到的圓盤。

「完美的舞台，相關要素一應俱全。」

盯著織布機看的修娜希恩聽不懂她在說什麼，半晌後反問：

「難不成妳已經知道歐若拉公主在哪裡了？」

「嗯。」

小紅帽十分篤定，三人臉上都浮現驚愕的表情。但真正令他們大吃一驚的其實是小紅帽的下一句話。

「不只公主，我也知道梅萊先生半夜看到的那對情侶人在什麼地方了。」

小紅帽走出房間，下樓。

「等一下！這是怎麼回事？」

其他人連忙跟上來。

小紅帽沒有回答，逕自走到史木斯面前，站定。

「史木斯先生，昨天的晚宴結束後，你拖著拖車從紀辛爺爺的大宅來到這棟城堡對吧？」

「對、對呀，我不是說過了嗎？」史木斯一臉不懂地回答。

「你把拖車停在哪裡？應該不是城堡裡吧？」

「怎麼可能。車輪都是泥巴。自己家就算了，我哪敢把都是泥巴的拖車拖進城堡啊。我停在這裡。」

史木斯走出城堡，帶小紅帽走到東塔底下。車輪確實殘留泥土的痕跡。小紅帽抬頭看，可以看見剛才的窗戶和突出的鐵棍——果然沒錯，小紅帽不由得流露笑意。

卡鏘嘰嘰、卡鏘嘰嘰……輪椅的聲音在耳邊響起。

「小紅帽，可以請妳說明一下嗎？」

紀辛爺爺說。修娜希恩、特洛伊、布魯克希都站在他背後，小紅帽輪流觀察他們的表情。

「這個國家有好多人心裡藏著祕密啊。這些祕密盤根錯節、相互糾纏，交織成重重謎團。不過不用擔心，沉睡森林的祕密已經全部解開了。」

小紅帽說道。

「我有個請求。布魯克希先生、特洛伊先生，可以請你們去把古利潔小姐和木工納普先生帶來這裡嗎？」

「我和特洛伊嗎？」

「好的。」

「史木斯先生，可以請你和我一起去東塔頂樓的房間嗎？」

6

二十分鐘後，布魯克希與特洛伊將古利潔與納普帶到一行人等待的城門前。在那裡等著他們出現的除了小紅帽以外，只有紀辛爺爺及修娜希恩，不見史木斯的身影。

「哎呀，各位。大家好呀，聽說歐若拉公主失蹤了。」

納普隨興地舉起手，古利潔在一旁低頭不語。

小紅帽迎接他們的到來，語帶調侃地說：

「請容我向各位介紹，這是第一組有祕密的男女主角。」

納普攤開雙手問：「什麼意思？」

「納普先生、古利潔小姐，你們對歐若拉公主失蹤一事知道些什麼嗎？」

「不知道，但既然是美麗的公主，就算睡著，應該也會吸引許多慕名而來的人吧。」

不愧是花花公子，真是伶牙俐齒，四兩撥千斤地帶過，表情文風不動。反而是古利潔坐立難安。

「我剛才在東塔頂樓的房間裡發現了這個。」

小紅帽拿出玫瑰花的花瓣，她說在東塔頂樓的房間發現是騙人的，其實是在森林裡撿到的玫瑰花。但是花花公子納普的臉色變了，這可沒有逃過小紅帽的法眼。

「納普先生，你對古利潔說過『我為妳做了很華麗的床』對吧？古利潔還以為那張床真是你做的，但是不盡然。那是東塔頂樓的房間裡，歐若拉公主的床。」

「哈哈。」納普回以乾笑。「妳的意思是，我們把公主殿下搬開，在她床上翻雲覆雨嗎？真是好主意，但城堡的出入口不是鎖上了嗎？」

「城堡和通向東塔的門都鎖上了，但你身為木工，根本不需要從那裡進出，只要沿著牆壁爬上去就好了。」

小紅帽說到這裡，帶一行人走到東塔正下方，指著歐若拉公主位於四十公尺上方的房間窗戶。

「石頭外牆有可以踩腳的凹槽，如果是你，應該可以利用那些凹槽爬上去。想必你來到這國家後，就對歐若拉公主的傳說充滿興趣，趁著不會被人看見的時間爬上去，闖入公主的房間。房間的窗戶明明已經好幾十年沒有打開，感覺卻很新呢。大概是你闖入時破壞了原本的窗戶，再換上新的。」

「妳有證據嗎？」

「我剛才請史木斯先生檢查過那個房間的鉸鏈了，證明是他做給你的沒錯。」

剛才小紅帽帶史木斯去東塔頂樓的房間就是為了請他確認。

納普臉上仍掛著老神在在的笑容，為了不讓他有機會辯駁，小紅帽接著說：

「你看到歐若拉公主那張豪華的床，立刻想到要帶別的女人來。沒多久，你就愛上古利潔。二位昨晚大概在那個房間裡度過愉快的春宵吧？今天早上，古利潔的頭髮還沾著歐若拉公主枕畔綻線的金色線頭。」

古利潔驚慌失措地摸了摸頭髮，納普朗聲大笑。

「好吧，我承認我愛上古利潔，也承認窗框的鉸鏈是我換的。可是啊，如果只有我一個人，還有辦法沿著牆壁爬上去，但是她要怎麼上去？我可做不出要女孩子爬牆這種事，而我也不可能背她上去。」

「但你還是想到了讓古利潔小姐進入東塔頂樓房間的方法，而且工程浩大。」

小紅帽仰望窗戶，朝上面喊：「史木斯先生，可以了！」

史木斯打開窗戶，探出頭來，手裡拿著閃爍金色光芒的圓形物體。

「那個是……傳說中的織布機？」

紀辛爺爺認出那個物體。史木斯把轉動織布機的把手拆下來，把中間的洞掛在從牆壁突出去的鐵棍上。他回到房間，拿來一條繩子，將繩子纏在把手側面的凹槽上，分別把房裡兩張附有白色扶手的椅子綁在繩索兩端，再把兩張椅子垂掛到窗外。

其中一張椅子載著石頭。

「這是利用織布機製成的滑輪。你先進入房間，做好這個機關，像這樣在其中一張椅子放上重物。用你掛在腰間的鐵鎚或鋸子就夠了。」

載著石頭的椅子慢慢地降到正在說明的小紅帽面前。想當然耳，另一張椅子則緩緩上升，停在窗口附近。

「在下面等待的古利潔小姐移開重物，自己坐上去。你在上面確定她坐好後，在另一張椅子放上與古利潔小姐差不多重的東西。這麼一來，就能把古利潔小姐拉上去。只要利用另一邊的重量，應該很輕鬆就能拉上去。」

「請等一下。」

修娜希恩插嘴。

「那個房間並沒有與古利潔差不多重的東西。除了織布機剩下的部分，其餘就是那張床。但要是把床放下去，就無法達成原本的目的了。」

「還有一樣東西啊。」小紅帽豎起食指。

「與十六歲的古利潔小姐一樣重的物體，那就是——年紀一樣大的女孩子。」

「怎麼可能……！」

不只修娜希恩，紀辛爺爺也臉色大變。小紅帽點點頭說：

「納普先生讓歐若拉公主坐在另一張椅子上，藉此把古利潔小姐拉上去。」

史木斯從高塔上把比剛才稍微大一點的石頭放在空椅子上。只見地上的椅子緩緩上升，停在高塔窗口的位置。

確認滑輪如實操作後，小紅帽大喊：「史木斯先生，可以了，你可以下來了。」

「一百年之間，無論發生什麼事，歐若拉公主都不會醒來，這是舉國皆知的事。而且第八位女巫給她的祝福是『一輩子都不受野獸傷害』。所以即使在森林裡待上一整夜，女巫的祝福也能保護她不會遇到任何危險。」

「對不起！」

古利潔哭倒在地。

「我無論如何都想接受納普先生的邀請。有生以來第一次有人對我這麼好，聽到他為我做了很華麗的床，我忍不住就……」

小紅帽內心有個聲音在說，也不是不能體會她的心情。

「這件事到此為止。」

紀辛爺爺原諒了古利潔。

「歐若拉公主到底在哪裡？」

「我也不知道。」

「不知道？」

「是的。我們今天早上從窗口往下看時，發現歐若拉公主不見了。為了找公主，我們趕緊下去。」

納普先順著牆壁攀下塔底，從森林裡撿來許多重量加起來與古利潔差不多重的石頭，放在原本該讓歐若拉公主坐的椅子上。準備好後，納普再爬到塔上，讓古利潔坐在窗外那張椅子上，比照半夜將古利潔拉上去的方法，利用古利潔的體重把載著石頭的椅子拉上去，同時讓古利潔慢慢降下來。等古利潔回到地面，納普再丟下那些石頭，回收椅子、繩索、織布機的零件，自己再下塔——這麼一來就能不留下任何證據，兩人都順利下塔。

「會不會是有什麼差錯，導致公主忽然醒來，走進森林裡……我們原本是這麼想的，可是到處都找不到公主，隨著天色愈來愈亮，我必須回大宅準備早餐，於是我們發誓保守這個祕密，就此別過。」

古利潔盯著自己的腳尖，淚流滿面地說。紀辛爺爺一臉無奈地看著古利潔。

「歐若拉公主到底上哪兒去了？」他只能重複剛才說過的話。

這時，史木斯下了塔，從城門走來。

「各位，第二位有祕密的主角登場了。」

小紅帽說道，所有人的注意力都從古利潔移到他身上。

「史木斯先生，你昨晚把拖車停在這裡對吧？」

「對呀。我把拖車的貨斗靠牆停好。」

「那是什麼時候的事？」

「我大概十一點十分離開大宅，所以應該是十一點三十分左右吧。」

「古利潔小姐，妳和納普先生約見面的時間是幾點？」

「十一點二十分，我們約好在這裡見面。納普先爬上去，放椅子下來的時間約莫是十一點三十分……咦？」

古利潔說著說著，似乎意識過來了。

「沒錯。史木斯先生把拖車停在這裡的時候正好是納普先生拚命把妳拉上去的時間。」

古利潔大驚失色，與史木斯面面相覷。她昨晚回房時，史木斯還沒提到盔甲的事，所以她不知道史木斯半夜會來城堡。另外，即使月光再亮，這裡是背光處，還是很暗。導致納普和古利潔這對情侶與史木斯都沒注意到對方的存在。

「歐若拉公主坐的椅子就在史木斯先生也沒有留意到的情況下，落在拖車貨斗上，可能撞到什麼東西，使歐若拉公主從椅子上掉進貨斗。」

一行人的腦海中都浮現出小紅帽描述的畫面。

「在那之後，史木斯先生開門，從謁見廳拿出盔甲和皇家鎧甲。請問你把那兩樣東西放在拖車的哪裡？」

「靠近把手的地方。」

「你查看過貨斗後面嗎？」

「沒有。我一心只想快點離開，以免被人發現我偷走皇家鎧甲，所以我立刻蓋了一塊布，罩住整個貨斗。」

留下綁著繩索的空椅子，史木斯就這麼拖著被布蓋住的歐若拉公主的拖車回家了。

「回家後，你也沒有檢查貨斗嗎？」

特洛伊質問道，史木斯一臉呆滯地回想昨晚的事。

「我只掀開布的前端，卸下盔甲……布的後端一直蓋著……不對，難不成……歐若拉公主還在那塊布底下！」

史木斯大概平常就沒有養成整理的習慣，貨斗裝滿了破銅爛鐵。

「史木斯先生，之後，你窯裡還升著火，不小心睡著了對吧？」

「對呀。直到兩點半過後，聽見發現失火的鄰居來敲門的聲音才醒來。」

「當時周圍應該已是一片火海了，沒有燒到貨斗嗎？」

「燒得可厲害了。我還擔心再燒下去，鎧甲就完蛋了。」

「但要是請前來你家的人救火，被他們發現鎧甲就糟糕了。所以你從後門偷溜出去，搖醒弟弟，拜託他搬鎧甲，然後再回到屋子前，拒絕鄰居救火的好意，藉此爭取時間。」

「啊……」

史木斯抱著頭跪在地上。

「歐若拉公主燒死了嗎？都是我的錯……」

「並沒有。」

小紅帽出言否定。

「第七位女巫給歐若拉公主的祝福是『一輩子都不受火燒之災』喔。」

「對了，是有這回事。」

紀辛爺爺一拳搥在掌心裡。

「衣服可能燒掉了，但就算置身於地獄的業火中，公主應該連一寸燒傷都沒有。」

「問題是……滿地瘡痍中並沒有看到歐若拉公主。對吧，納普。」

「對呀。」

做作的納普回答，史木斯又陷入絕望。小紅帽看了所有人一圈宣布：

「終於輪到第三位有祕密的主角登場了。」然後轉身直呼其名：「布魯克希先生。」

所有人的視線都射向由始至終像具人偶、一聲不吭的布魯克希身上。

「史木斯先生跑到大門口安撫居民後，你進入火勢猛烈的史木斯先生家。你是不是在那裡看到了躺在燃燒貨斗上的歐若拉公主？」

「妳說什麼……」

布魯克希佯裝不知，眼睛卻眨個不停。

「她的衣服燒掉大半，露出受到魔法保護的神聖肌膚。對於這輩子都在製作裸女雕像的你而言，再也沒有比她更完美的模特兒了。所以你想都沒想就從大火中救出公主，帶回自己家。」

「簡直胡說八道，妳又沒有證據。」

「你說『來回三趟』才把鎧甲從大哥家裡搬出來，對吧？」

「對啊，我是說過。」

「將鎧甲運來這裡時，史木斯先生扛頭盔和上半身，你扛下半身。也就是說，如果只是要搬運鎧甲，應該兩趟就搬完了……若非有歐若拉公主，請問多的那一趟是搬了什麼？」

「呃……這個嘛……」

布魯克希啞口無言，頻頻撥弄自己的小鬍子。

「回答不出來嗎？布魯克希。」

紀辛爺爺大發雷霆，布魯克希或許是鐵了心不答，望向一旁的大樹，繼續裝傻。

「沒關係，我幫你說好了。你回到家，迫不及待地就想為歐若拉公主雕刻，所以想先洗淨歐若拉公主身上的灰漬。沒想到離史木斯先生家最近的水井圍了許多前來滅火的人，無法靠近，於是你就想到有處人煙罕至的水源……」

「絕望長椅旁的幫浦！」

哐噹！紀辛爺爺敲了輪椅的搖桿一下。

「梅萊昨晚遇到的情侶莫非是……」

「沒錯，就是布魯克希先生與歐若拉公主。」

所有人開始躁動起來，布魯克希終於無地自容地轉過身去，背對小紅帽。

「布魯克希先生本來打算完成歐若拉公主的雕像後，再偷偷把她送回東塔頂樓的房間，因此需要城堡與東塔的鑰匙。你正為此傷透腦筋時，機會從天而降。」

必須把大哥偷出來的皇家鎧甲放回城堡——

所以紀辛爺爺拿出城門的鑰匙時，布魯克希率先接過。

「不僅如此，我說我想見歐若拉公主一面的時候，先贊成的也是布魯克希先生，因為這麼一來就能拿到東塔的鑰匙。剛才紀辛爺爺掏出兩把鑰匙時，你立刻放進口袋。」

「鑰匙全都已經還給宰相了。」

布魯克希背對著她回答。

「沒錯，都還給我了。」

紀辛爺爺拿出鑰匙給大家看，但小紅帽並未就此停住。

「如果你口袋有塑形的黏土呢？只要有那兩把鑰匙的模型，不就可以複製

黏土。

出相同的鑰匙嗎？」

特洛伊迅速撲向布魯克希，翻找他的口袋。不一會兒就摸出兩塊咖啡色的黏土，兩塊黏土都壓出了鑰匙的形狀。想必是布魯克希家裡用來為石膏塑形的黏土。

「喂，布魯克希，別再狡辯了。歐若拉公主在哪裡？」

紀辛爺爺逼問他，布魯克希一聲不吭。

真是的，你的犯罪計畫為何如此粗糙呢？小紅帽接著說：

「請各位回想布魯克希先生承認自己運出皇家鎧甲時的情況。雖說只是執行哥哥交辦的任務，但就這麼從實招來未免也太乾脆。在他招供的前一刻，紀辛爺爺的目光焦點止落在用來代替床的棺材上。把皇家鎧甲與歐若拉公主——哥哥的祕密與自己的祕密放在天秤上，你情急之下選擇保守自己的祕密，為了讓我們的注意力從黑色的棺材上移開，只好坦承自己運出皇家鎧甲。」

「也就是說，歐若拉公主就在那個棺材裡？」

所有人都捏了一把冷汗，布魯克希慢條斯理地開口：

「小紅帽……妳真是聰慧的女孩。」

＊

在那之後，一行人浩浩蕩蕩地前往布魯克希家。如同小紅帽的推理，歐若拉公主躺在蓋著床單的棺材裡，依舊睡得香甜。

紀辛爺爺一聲令下，僕人們再次將歐若拉公主送回古騰修拉夫堡東塔頂樓的房間，繼續再睡六十年。沉睡的公主完全不曉得自己昨晚經歷了什麼樣的冒險。

小紅帽面帶微笑地看著公主。她到底作了什麼夢呢？臉蛋雖然有點長，但還是很美麗……

「咦？」

跟誰有點像。

「到底是誰……」

長長的臉。就在小紅帽明白公主長得像誰的時候——

「欸——？」

小紅帽的腦子裡又冒出一個假設。簡直難以置信，可是猜想到的事如泡沫漂浮在記憶的水中，彷彿在告訴她，這個假設就是真的。

看樣子，這個國家還隱藏著一個最重大的祕密。

7

燉豬肉配麵包、櫻桃蘿蔔沙拉、西洋梨……以上是小紅帽遲來的午餐。

紀辛爺爺和修娜希恩與她一起圍著橢圓形餐桌用餐。史木斯還在收拾失火的殘局，特洛伊為了把無辜的兒子從牢裡救出來，陪證人布魯克希去法院。古利潔為大家送上午餐後，就一直待在廚房，納普不曉得跑去哪裡了。

「怎麼了，小紅帽，不好吃嗎？」

紀辛爺爺問她。

「沒有，很好吃。」

小紅帽回答，但其實是在想事情，無法分神品味。

這時，有人推開餐廳的門，悄悄地探頭進來。原來是紀辛爺爺的養子，滿臉鬍鬚的壯漢戈涅。他頭髮亂七八糟，眼睛半睜半閉。

「你這個懶惰蟲，居然睡到現在！你睡覺的時候，發生了天大的事。」

紀辛爺爺火冒三丈將吃到一半的麵包扔向他。戈涅一把接住，放進自己的嘴巴裡，嚼得津津有味。

「梅萊真的是被冤枉的，差點就被當成犯人了。」

「咦，不是梅萊殺的嗎？」

戈涅說道——果然沒錯，所有線索都在小紅帽腦子裡組合起來了。不過，時機未到。

「梅萊怎麼可能殺人，小紅帽洗刷了他的冤屈。無能的官差還在追查真正的凶手。」

「是嘛。」

「戈涅，你也要吃嗎？」修娜希恩問他。「對你來說，這是早餐吧。」

「不用了。我剛起床，想去散步。」

門「砰！」地一聲關上。看到門關上，小紅帽立刻開口：

「紀辛先生。」

「什麼事？」

「你最好立刻召集家臣，命他們追上戈涅，他可能會逃回隔壁的拉菲爾公國。」

「妳說什麼？」

紀辛爺爺笑著將櫻桃蘿蔔送入口中。

「這個沉睡森林的國度裡，藏著最大祕密的人，紀辛先生，是你吧！」

小紅帽一口氣說。

「快吃吧，燉豬肉很好吃喔。」

「第一次見到階下囚的梅萊先生時，我就覺得比起特洛伊先生，他更像另一個人。」

「別說了。」

「紀辛先生，那個人就是你。」

紀辛爺爺的手停在半空中。

「我問特洛伊先生：『梅萊先生真正的父親其實是紀辛先生吧？』他否認，說你們年紀差太多了，所以我也捨棄這個想法。然而，剛才我在布魯克希家看到歐若拉公主的時候，又冒出了相同的感覺。歐若拉公主確實漂亮，但她的鼻子和嘴角與特洛伊先生簡直是同一個模子印出來的。」

紀辛爺爺的視線始終落在叉子前端的櫻桃蘿蔔上。修娜希恩心驚膽戰地看著紀辛爺爺和小紅帽。

「我心裡浮現一個假設。會不會特洛伊先生長得像母親、梅萊先生長得像爺爺呢——也就是說，會不會特洛伊先生其實是歐若拉公主的孩子，梅萊先生則是紀辛先生的孫子呢？倘若特洛伊先生與梅萊先生確實是親子關係，就能得出特洛伊先生其實是歐若拉公主與紀辛先生的孩子。」

「什麼！」

修娜希恩大聲驚呼，胸口的蜘蛛受到驚嚇，動來動去。

「根據傳說之歌，歐若拉公主碰到織布機的紡錘沉睡以前，曾經有十個多月除了至親以外誰也不見，那段期間會不會是為了隱瞞懷孕的事？」

「不，怎麼可能，那只是傳說啦。」

「自從聽了修娜希恩小姐唱的歌，我就覺得很詭異。王后說『說不定在歐若拉公主生下繼承王位的男嬰前，國家就被別人奪下』時，國王安慰她『還有一絲希望』，那句話是什麼意思？」

「當然是希望王位虛懸的期間，有本事的人能守住這個國家，除此之外還能有什麼意思！」

紀辛爺爺的解釋顯然說服不了小紅帽。

「真的是這樣嗎？如果當時只有國王知道歐若拉公主誕下王子的事呢？『還有一絲希望』難道不是『後繼有人』的意思嗎？」

「騙人、騙人、騙人的吧。宰相，你說話啊！」

修娜希恩不知所措地看著紀辛爺爺，紀辛爺爺一臉凝重地陷入沉思。

「……真傷腦筋，小紅帽，一切都被妳識破了。」

片刻後，紀辛爺爺放棄掙扎，放下叉子。

「那是國王的意思。『為了以防萬一，我想在歐若拉十六歲的生日前，讓她誕下子嗣。只不過，讓十五歲的女孩生小孩對國民實在不是良好的示範。更重要的是，王后肯定不會贊成。所以就連懷孕也是你我和歐若拉之間的祕密，一定要隱瞞到底……』」

紀辛老爺娓娓道來，彷彿要吐出心中積鬱。修娜希恩張大了塗成黑色的嘴唇，閉不起來。

「沒多久，時機成熟，我實現了國王的交代，成為父親。歐若拉公主也清楚自己的使命，所以瞞過眾人，祕密產子。上天或許聽從了國王的請求，公主生了一個頂天立地的男子漢。」

「那孩子就是特洛伊先生吧？」

「是的。」

「特洛伊先生長大後結婚生下梅萊先生。梅萊先生是紀辛先生的孫子，也是古騰修拉夫王國的王位繼承人。」

「是的……歐若拉公主六十年後才會醒來。萬一公主在那之前有什麼三長兩短，萬一特洛伊也不在了，皇家的血脈該怎麼辦呢？所以無論如何都要讓梅萊平平安安地長大成人、娶妻生子。」

對於國王死後，承擔起所有責任的宰相而言，梅萊是比自己的孫子更重要的存在。也難怪當他蒙上殺人罪嫌時，宰相會那麼緊張。

「如果戈涅先生因為某種原因發現到這一點呢？他來這個國家當養子，其實是拉菲爾公國為了掠奪這個國家而送來的暗樁吧？既然如此，肯定也會同時派來該說是間諜嘛，總之是來為戈涅先生效力的人。所以當他知道王位後繼有人時，進而想出把殺人罪嫁禍給那個人，假借人民之手除掉的殘酷計畫也不足為奇。他們殺了小混混金恩，讓梅萊先生的衣服染滿血，留下沾血的凶刀大概也是戈涅先生的手下幹的好事。」

「我不認為那個渾渾噩噩、好逸惡勞的男人想得出這種計畫。」

雖然被紀辛爺爺的祕密嚇得臉色鐵青，修娜希恩仍無法完全接受小紅帽的推理。

「修娜希恩小姐，剛才戈涅來的時候，紀辛先生說的是『梅萊真的是被冤枉的，差點就被當成犯人了』。」

「那又怎樣？」

「紀辛先生只說『犯人』，並沒有說他犯了什麼罪。但戈涅先生卻不假思索地反問：『不是梅萊殺的嗎？』——他怎麼會知道罪名是殺人呢？」

修娜希恩什麼也說不出來了，雙眼瞪得跟滿月一樣大又圓。

「來人吶、快來人吶！」

紀辛爺爺命令聞言趕來的家臣去追戈涅。

「抓得到嗎？」
「沒問題，一定可以。」
小紅帽回答，伸手拿麵包。
「妳真是個聰慧的女孩呀！」
紀辛爺爺歎為觀止地說。
「小紅帽，妳願意嫁給梅萊嗎？這麼一來，這個國家就能暫時過上一段太平的日子了。」
「我不要。」
撕碎的麵包屑從小紅帽手中掉了一桌子。
「我必須送餅乾和葡萄酒去修本哈根。」
「修本哈根啊。」修娜希恩笑著說：「妳去那個冷得要命的港都做什麼？」
小紅帽看著修娜希恩，心想告訴她這趟旅行的目的也無妨。
「我去那裡想殺一個人。」
修娜希恩啞然失語，小紅帽將麵包送入口中。
目的地修本哈根就在眼前。

最終章　少女啊，點燃野心的火柴

1

修本哈根一到冬天，天空就會被厚重的烏雲籠罩。陰森森、一團團灰色的雲，讓人聯想到惡鬼的腸子，無聲無息地飄著雪。沒多久，雪就蓋住民宅的屋頂及道路，彷彿要凍結一切。

在這樣的城市一隅，有間火柴工廠。廠長名叫加爾亨，又胖又禿，總是頂著一張彷彿喝醉的紅臉。加爾亨的火柴粗製濫造，只有些許火藥，所以三根裡僅兩根點得著。

修本哈根還有一家「聖艾爾摩之火」公司，製造並販賣品質較好的火柴。但這家公司的火柴比較貴，所以市民還是選擇品質不良、但比較便宜的加爾亨製作的火柴。因此加爾亨得以過著奢侈的生活。

有個名叫愛蓮的九歲少女住在加爾亨的工廠裡。愛蓮從小父母雙亡，由遠房親戚加爾亨收養。單身的加爾亨很不喜歡小孩，對愛蓮很壞。

某一年的平安夜——

「喂，妳這個沒用的臭小鬼！」

加爾亨漲紅了一張豬臉，對愛蓮大聲咒罵。

「別以為整天蹲在這裡就有飯吃，去賣火柴！」

加爾亨把裝滿火柴的籃子扔在愛蓮跟前。

「昨天雜貨店的約庫娜老婆婆死了。老婆婆是我們的老主顧，這些剩下的原本都是該向我們批的貨，賣不掉的話就虧大了。」

「突然要我去賣火柴，要去……哪裡賣才好？」

「這種事不會自己想嗎！」

加爾亨伸出毛茸茸的手，拎住愛蓮的衣領，把她和裝滿火柴的籃子一起扔出工廠。愛蓮的半張臉都埋進滿地積雪裡。

「聽清楚了，全部賣完才准回來！」

加爾亨丟下這句話，「砰」地一聲關上工廠的門。已經傍晚了，外頭還下著雪。修本哈根是港都，從海上咻咻吹來的冷風嚴寒刺骨。愛蓮用沒戴手套的手拍掉身上的雪，即使快要凍僵，也只能提起裝滿火柴的籃子，步履蹣跚地往前走。

「有人要買火柴嗎？」

愛蓮走到人來人往的馬路上，向行人兜售。

「有人要買火柴嗎？」

穿著暖和大衣的男人、懷裡捧著禮物的女人、看起來很幸福的一家人……沒人願意向愛蓮買火柴。

「不好意思。」

愛蓮鼓起勇氣，拉住一位男士的灰色大衣，男人停下腳步。

「什麼事？」

「請買我的火柴。」

男人用彷彿看到馬糞的眼神瞪了愛蓮一眼。

「快滾開，小鬼！別弄髒我的大衣。」

男人一把推開愛蓮，籃子裡的火柴散落在雪地上。

「聽好了，這個世界才沒那麼簡單。買妳的火柴？妳以為這樣就能賺到錢嗎？沒錢的人，一輩子都只能作悲慘的夢。」

因為作夢不用錢。男人嘲笑她，朝愛蓮的臉吐了口口水，揚長而去。

愛蓮擦去臉上的口水，眼淚奪眶而出。冬天的修本哈根，彷彿連淚水都能直接在臉上結冰。沒有人願意為愛蓮停下腳步。

不知不覺，天已經完全黑了。愛蓮連發出聲音的力氣都沒有，在萬家燈火中孤獨地走著。

目光不經意地停在明亮的窗口，她走近一看，暖爐升著熊熊烈火，屋子裡有一棵裝飾得很漂亮的聖誕樹，全家人正圍著餐桌吃飯。美麗的母親、慈祥的父親與兩個穿著毛衣的孩子，看起來好幸福。餐桌上有烤全雞和令人垂涎欲滴的蛋糕。

如果我也有爸爸媽媽，此時此刻……停止，她已經受夠這種自怨自艾，也已經在心裡發過無數次誓，不再自我貶低。

就在這個時候——

「送個禮物給妳吧。」

冷不防，頭上傳來聲音。愛蓮揚起視線，還以為自己眼花了。

有個兩歲左右的男孩子正緩緩從天而降。降落到愛蓮的眼前時，愛蓮發現男孩全身赤裸，背上長著翅膀，頭上頂著金色光圈。

「你是……天使？」

「正是。今晚是平安夜，但妳實在太可憐了，所以上帝派了我來。來吧，伸出右手。」

愛蓮依言伸出右手——天使彈指三下，愛蓮的掌心變熱了。

「妳用那隻手摸一下火柴，邊許願邊點燃妳摸過的火柴，就能作妳想作的夢喔。」

「我想作的夢？」

「沒錯。以後妳摸過的火柴也都會具有相同的效果。」

天使說完，露出如花的燦笑，再次緩緩升起。

「等一下！」

愛蓮想叫住對方，但天使早就不見人影，只剩濕冷的雪花不斷落下。

愛蓮直發抖，剛才不可思議的狀況令她暫時忘記今晚其實冷得要命，她也餓得快死。如果看起來很幸福的那家人餐桌上的烤全雞能分她一點，該有多麼幸運啊？

愛蓮癡心妄想地打開準備要賣的火柴盒，拿出一根火柴，點燃。

——咻！

發生了什麼事呢？

愛蓮坐在溫暖的房裡，眼前有張大餐桌，盤子裡有一整隻烤雞。而且是那家人的烤雞的兩倍大，愛蓮一個人根本吃不完。

飢餓戰勝了不敢相信的心情，愛蓮衝向那隻烤雞。

然而，愛蓮撲向的卻是雪地。

回過神來，四下張望，她仍置身於兩邊都是冰冷磚牆的巷子裡。幸福洋溢的那家人正在明亮的窗戶那頭切蛋糕。

看著手中燒完的火柴，愛蓮想起天使說的話。難道自己這雙弱小的手真的蘊藏神奇的力量嗎？愛蓮又拿出一根火柴，這次許了另一個願望：

一次也好，我想睡在暖和的床上。

——咻！

愛蓮眼前出現一張豪華舒適的床。木頭床腳看起來牢固，絲綢的床單看起來觸感很好，還有軟綿綿的被子。對總是躺在工廠冷硬地板上睡覺的愛蓮而言，這簡直是夢寐以求的安眠場所。正當她迫不及待想掀開被子的瞬間——

愛蓮再度回到了下雪的巷子裡，手中是燒完的火柴……

看樣子，籃子裡的火柴似乎全部變成了可以讓人看見夢想之物的火柴。不過，美夢只限於點燃火柴的須臾之間。加爾亨生產的火柴品質太差了，點燃的時間非常短暫，而且三根就有一根點不起來。

即便如此，只要有這麼多火柴，應該足夠作一夜好夢。不只可以夢到溫暖的暖爐、豪華的聖誕樹，還能夢到在她小時候就去世的爸爸媽媽。愛蓮想掏出盒子裡所有的火柴。

就在這個時候，愛蓮的腦海中響起一個聲音。

——聽好了，這個世界才沒那麼簡單。

剛才那個推開愛蓮的男人說的話。

——買妳的火柴？妳以為這樣就能賺到錢嗎？沒錢的人，一輩子都只能作悲慘的夢。

一輩子都只能作悲慘的夢。

一輩子……作……悲慘的夢……

一輩子……？

「開什麼玩笑！」

愛蓮低聲怨道。

能讓人夢見心中所願的火柴確實很神奇，可是一旦從夢中醒來，眼前就只剩下陰暗、殘酷、沒有希望的現實。作著自己想作的夢，這樣不是很好嗎？只要有了這些火柴，就可以永遠作著悲慘的夢了——男人的嘲笑彷彿縈繞在她耳邊，揮之不去。

——因為作夢不用錢。

被男人吐口水的羞辱彷彿又在臉頰甦醒。

愛蓮胸口燃起熾熱的火焰。

「既然如此，我要作夢當有錢人。」

愛蓮凝視飄落在腳尖的雪花，對天發誓。

「不，不能只是作夢，醒來就消失的夢根本毫無意義。我要真正的錢！我要賺很多錢，多到所有不願意幫我的人花上一輩子也賺不到的錢！」

錢是財富的象徵，什麼東西都買得到。

錢有迷人的力量，足以支配許多人。

錢是最大的希望，可以享福一生。

錢。

錢錢錢。

錢錢錢錢錢錢錢錢錢。

只要有錢，就不用再作悲慘的夢，不僅如此，什麼願望都能實現。

沒錯，妳並不軟弱。愛蓮對自己說。

這種改變火柴的能力，是上天為了讓我得到財富與力量所賜予我的能力！

當天深夜，緊鄰火柴工廠的加爾亨家竄出火苗。除了不斷飄落的雪花以外，沒有人知道大火燒得猛烈的加爾亨家前，曾經有個九歲少女的身影。

2

十一歲的小女孩三步併成兩步地走在森林裡。

小女孩總是戴著紅色的頭巾，所以大家都叫她「小紅帽」。小紅帽右手的提籃裡裝著餅乾和葡萄酒，還有一小束花。

母親要她去探望生病的外婆。

原本應該直接前往外婆家，不該繞去別地方，但有隻很漂亮的蝴蝶從小紅帽眼前飛過。小紅帽追著蝴蝶，來到花海，紅色、白色、紫色、黃色……五彩繽紛的花爭奇鬥妍。如果收集成一束帶去給外婆，外婆一定會很開心。小紅帽專心地摘花，摘到忘了時間。

所以現在才急急忙忙朝外婆家趕路。

不一會兒，紅色屋頂的小屋映入小紅帽的眼簾。

「外婆，是我，小紅帽。」

小紅帽敲門，屋內傳來虛弱的聲音：「哦，妳來啦。門開著，進來吧。」

小紅帽依言開門，只見外婆躺在床上，好像在睡覺。

「哦，小紅帽。來我身邊，讓我看看妳的臉。」

「好的。」

小紅帽把餅乾放在桌上，靠近外婆的枕邊。外婆從被子裡探出來的手未免也太大了，嚇了小紅帽一跳。

「外婆外婆，妳的手為什麼這麼大？」

「因為想緊緊地抱住妳呀！」

外婆的聲音似乎有點沙啞，就算是生病，外婆的樣子也不對勁。從睡帽與棉被的縫隙裡看著小紅帽的眼睛似乎也比平常大。

「外婆外婆，妳的眼睛為什麼這麼大？」

「因為想好好地看清妳呀！」

這時，小紅帽看見外婆藏在被子裡的下半張臉。鼻子底下長滿毛，還有一張血盆大口。

「外婆外婆，妳的嘴巴為什麼這麼大？」

「那是因為……我想吃掉妳呀！」

外婆掀起棉被，撲向小紅帽。是大野狼！小紅帽反應過來的時候已經太遲了，從頭到腳整個被大野狼吞下肚。

她掉進大野狼黑漆漆的肚子裡。

就在她又害怕、又傷心，不知該如何是好的時候——

「是小紅帽嗎……？」

聲音離她很近。那才是小紅帽認得的外婆聲音。

一問之下，原來外婆感冒躺在床上休息時，聽見有人敲門，以為是小紅帽來了，開門一看，就被突然闖進來的大野狼整個吞進肚子裡。然後大野狼喬裝成外婆，等小紅帽自己送上門。

「怎麼辦？外婆。」

「別擔心。只要有一顆堅強的心，一定能絕處逢生。」

外婆在黑暗中緊緊握住小紅帽不安的手，安撫她。

沒多久，就聽見大野狼如雷的鼾聲。

在那之後又過了多久呢？

耳邊傳來有人開門的聲音。

「這不是大野狼嗎？肚子怎麼圓滾滾的。」

是個男人的聲音。

「救命啊！我們被大野狼吃掉了！」

小紅帽呼救。

「好，等一下喔！」

獵人叔叔用剪刀剪開大野狼的肚皮，救出小紅帽和外婆。

「謝謝你，獵人叔叔。」

「真的非常感謝你的救命之恩。」

小紅帽和外婆向獵人叔叔道謝。獵人叔叔用憎恨的眼神低頭看著大野狼。

「這傢伙真是太可惡了。乾脆趁牠睡著的時候殺了牠吧。」

獵人叔叔朝大野狼的頭舉起獵槍。

「等一下。」

小紅帽握住槍身。

「我們確實差點被這隻大野狼吃掉，可是如果因此就殺死牠也太可憐了。」

獵人叔叔凝視小紅帽的臉。

「好吧，那就饒牠不死。可是如果這麼輕易地放過牠，牠可能又會做壞事，所以還是要給牠一點教訓。」

「既然如此，就在牠肚子裡塞滿石頭吧。」

外婆提議。三個人在附近撿了很多石頭，塞進大野狼的肚子裡，再縫上大野狼的肚皮，把大野狼放回森林裡。

「妳真是個善良的好孩子啊，小紅帽。」

外婆摸摸小紅帽的頭。

「居然救了大野狼一命，妳是我的驕傲。」

小紅帽最喜歡外婆了，能得到外婆的讚賞，小紅帽覺得很幸福——真的、真的很幸福。

3

聖誕節一早，許多人聚集在燒成灰燼的加爾亨家前，議論紛紛。據說加爾亨在睡夢中被活活燒死了。

愛蓮不知道的是，加爾亨在經營火柴工廠的同時兼放高利貸，非法賺取暴利。而且對無力還錢的人非常惡毒，受到許多人痛恨。大家都說大概是有人為了洩憤才在他家放火。

沒有人懷疑愛蓮，加爾亨的貪得無厭反而讓愛蓮幸運地擺脫了嫌疑。

「各位！」

穿著貂皮大衣，戴著單片眼鏡的紳士攤開雙手，大聲宣布：

「我是加爾亨的法律顧問。這場火災不幸奪走加爾亨的生命。想當然耳，他的財產與火柴工廠及龐大的債權應該由法定繼承人繼承，但加爾亨沒有子嗣。有人認識加爾亨的親戚嗎？」

眾人面面相覷，毫無頭緒。愛蓮怯怯地舉起手來。

「我是加爾亨的親戚，我爸媽都死了，加爾亨收留我住在火柴工廠裡。」

「妳嗎？」紳士不可置信地瞪大了雙眼。「有人能證明嗎？」

「很遺憾地，沒有……」

周圍的人開始竊竊私語，也有人懷疑這個小女孩該不會是想要謀奪財產而說謊。律師束手無策地看著愛蓮，點點頭說：

「我知道了，我會去市公所調閱資料。」

律師只花了兩天的時間就證明愛蓮的身分。愛蓮成為加爾亨的遺產繼承人，接收火柴工廠、銀行存款及龐大的債權。

「這孩子的運氣怎麼這麼好！」

火柴工廠重新開工的那天，過去視愛蓮如敝屣的工人難掩震驚地迎接一夜之間變成雇主的愛蓮。

但愛蓮並未因此滿足。

「請問誰可以仔細地說明目前的火柴是怎麼做的？」

員工們大眼瞪小眼，其中一位上了年紀的生產負責人出面向愛蓮說明，語氣輕蔑，認為這麼小的女孩子什麼都不懂。

「這種做法無法讓火藥牢牢地附著在火柴頭吧？」

才說到一半，愛蓮就指出問題，生產負責人相當驚訝。因為他也這麼認為，而且已經詬病很久了。

「難怪會有點不著的火柴。」

「可、可是，加爾亨先生說，盡量節省原料，大量生產才能賺大錢……」

「這種做法根本沒有考慮到客人，從今以後要質大於量。總而言之，要找出更理想的做法。」

事實上，愛蓮對製作火柴一竅不通。只是三根就有一根點不著的話，良率未免太低了。她一直認為應該有更高明的做法。

愛蓮還有一點不滿，就是火柴太容易熄滅。這麼一來，就算能靠神奇的力量作夢，夢境也會馬上消失。

愛蓮透過人脈找來火藥專家。

「妳能找到我，證明妳很有眼光。」

名叫約爾蒙的人出現在愛蓮面前，是個瘦得皮包骨、年過五十的男人，右腳是義肢，所以撐著拐杖，右眼則包著繃帶。據說以前在軍隊當過砲兵，研究火藥時不慎引發爆炸，右半身受重傷，被軍隊開除。

「嗯哼，氯酸鉀、硫磺，還有燐。」

約爾蒙舔了一下火柴頭說。

「原料的化學成分沒有問題，大概是黏性不夠。」

「黏性是指黏起來的意思嗎？要怎麼改善呢？」

「要用松脂。松脂具有黏性，還含有油脂，可以做出火力更穩、燒得更久的火柴。」

剛好向加爾亨借錢的人中，有人家裡有一片廣大的松林。愛蓮要求那個人交出松林來抵債。

「饒了我吧！那是祖先留給我的松林。」

債務人向愛蓮求情。

「你連利息都付不出來還好意思說？這片松林還抵不完你欠的錢。」

「可、可是……」

這時愛蓮已經雇用了名叫巴德雷的秘書兼保鑣。這個肌肉錚鏁、孔武有力的男人穿戴著不曉得從哪裡弄來的維京鎧甲與武器，輕輕一扔就把債務人傷得手腳骨折。愛蓮就這樣靠蠻力得到松林，穩定地供應松脂給火柴工廠，火柴的品質一口氣提升不少。

接下來要解決的問題是拓展銷售管道。愛蓮看上香菸攤。製作許多僅附三根火柴的試用火柴盒，放在香菸攤，請老闆免費送給買菸的人。愛蓮的火柴很容易點燃，火力夠強，燃燒時間持久，搭配燦笑的金髮碧眼少女商標，不一會兒就在修本哈根變成熱門商品。

事業搞得這麼大，競爭對手自然不會坐視不管。「聖艾爾摩之火」的員工向修本哈根的報社投稿「燒太多『愛蓮的火柴』會有危險」的文章。報導內容指出加爾亨也是死於「愛蓮的火柴」。愛蓮矢口否認，但報紙的影響力實在太大，才剛步上軌道的「愛蓮的火柴」銷量立刻一落千丈。

「怎麼辦？社長。」

員工紛紛向愛蓮求救。對他們來說，這位少女已經是精明幹練、值得追隨的經營者了。

「別擔心。我還有一張王牌。」

愛蓮微笑著安撫他們。

「王牌？」

「把我接下來的話印成海報，貼滿整座城市。一字一句都要照我說的寫。」

點燃愛蓮的火柴，心誠則靈。你就能度過一段夢想時光。

海報的效果立竿見影，體驗過「愛蓮的火柴」真實威力的人無不成為這股神奇力量的俘虜，商品大賣。工廠沒日沒夜地加班趕工，供給仍遠遠追不上需求。

隨著「愛蓮的火柴」評價水漲船高，「聖艾爾摩之火」的生意則愈來愈差。愛蓮立刻展開併購。

「怎能讓歷史悠久的公司落入那黃毛丫頭手中！」

食古不化的高層拒絕併購，但是薪水一再縮水的員工早已將心投向愛蓮，最後甚至在公司裡發動策反。於是愛蓮順利併購「聖艾爾摩之火」，獨占修本哈根的火柴市場。在那個嚴寒的聖誕節過後的第四年，愛蓮年僅十三歲就成為修本哈根名聲最響亮的「賣火柴的少女」。

勝利的喜悅令愛蓮沉醉，沐浴在曾經把自己看得比垃圾還不如的市民們欣羨的目光下，覺得自己「贏了」。

然而，她還不滿足。

她想要更多錢。

她想要世界上任何人都渴望卻得不到的巨大財富。

她想要建立一個所有人都使用她的火柴後臣服在她腳下的世界。

與其說是目標，不如說是野心。愛蓮已經看到足以支配全世界的巨大財富與權力。
因此愛蓮認為必須讓更多人知道她的存在。心想該找誰商量時，愛蓮叫來一直在背後支持她的那個男人。
「嗯哼……」
約爾蒙聽完愛蓮的想法，撐著拐杖，摩挲著下巴，陷入長長的思考。老實說，他對火藥以外的事一竅不通。然而沉思了半晌後，他想到一個主意。
「把愛蓮小姐的成功經歷寫成故事書如何？」
「要出書嗎？」
愛蓮興奮極了。
「可是我不會寫作。約爾蒙，你來寫吧。」
「別開玩笑了。我已經好幾十年除了化學的教科書以外沒看過別的書。愛蓮小姐，妳不是很有錢嗎？……啊，抱歉。」
「你想說什麼？約爾蒙。」
「去拜託高手寫吧。我聽說修本哈根北邊有個名叫歐登塞的地方，那裡有個以寫童話著名的作家。」

歐登塞這個充滿夢幻情調的城市裡住了很多不可思議的人。原來如此，那裡或許真的有能寫出動人故事、感動所有人的作家。

「那位作家叫什麼名字？」

「我記得好像叫安徒生。」

這是愛蓮第一次聽到安徒生這個名字。

4

和森林有段距離的小山丘上，矗立著小小的教堂。

教堂的門打開，六個男人扛著棺木依序而出，後面跟著一個成年女性與一個小女孩。

小女孩哭紅了雙眼，跟在扛著棺木的男人身後。平常總是戴著紅色的頭巾，大家都叫她「小紅帽」，今天卻戴著黑色頭巾。

她今年十五歲了。

「對不起。」

小紅帽望著男人肩膀上的棺木，喃喃低語：

「要是我能早點注意到……」

小紅帽注意到外婆的異狀是在一個多月前——

那天，小紅帽依照慣例，送餅乾和葡萄酒去給外婆。

她已經不再跟先前一樣在路上逗留摘花了，經過森林時也充分提防大野狼，所以沒多久就抵達外婆家。可是敲了半天門都沒反應。

她將耳朵貼在門板上，可以聽見外婆的聲音。

「……對呀，老頭子……說的也是，那樣當然能賺錢啊。大家每天都忙得灰頭土臉，還被老闆罵得狗血淋頭。」

語氣聽起來好開心。

可是外公明明已經死了……小紅帽握住門把，悄悄地打開門，向屋裡的外婆打招呼。

「外婆，我是小紅帽。我帶餅乾和葡萄酒來了……」

小紅帽還沒說完，就被眼前的光景嚇了一大跳。

門窗緊閉的外婆家籠罩在溫暖的橘光中，外婆整個人深深地窩在搖椅上，而外公就在外婆面前。

見鬼了……？小紅帽心想，但如果是鬼，外公的臉色未免也太紅潤了。反而是正與外公說話的外婆滿臉皺紋，萬分憔悴，臉色比鬼還難看。

「就是說啊。要是喝醉了，自然無法判斷酒烈不烈，這麼一來不就可以賣出兩倍的業績嗎？等到賺夠錢，我想賣掉森林的房子，搬去海邊……」

外婆到底在說什麼？不管怎樣，一切都太詭異了。

「外婆！」

小紅帽丟下籃子，搖晃外婆的身體。細小的木棒從外婆手中滑落，光線消失了。

「咦……？怎麼又是這個陰暗潮濕的房間，好不容易來到最精彩的部分。」

外婆彷彿沒發現小紅帽就在她面前，發出沙沙的聲音，在口袋裡翻找，然後心滿意足地說：「找到了。」

——咻！

房間再度籠罩在橘色的光線中，外公又出現了。

「好啊，搬去海邊住……不不不，我們經營旅館好了，在那裡賣摻水稀釋的酒。」

看樣子這個匪夷所思的現象似乎與火柴的光線有關。既然如此……

小紅帽一溜煙跑向窗邊，把緊閉的窗戶全部打開。不管是朝南的窗戶，還是面西的窗戶，全都打開。太陽雖已西斜，但陽光立刻照進房裡。

看到變亮的房間，小紅帽不禁又大吃一驚。外婆果然比小紅帽上次見到她的時候清瘦許多。臉頰凹陷，掛著黑眼圈，正要拿出新火柴的手瘦得跟鉛筆沒兩樣。不僅如此，搖椅底下滿是燒完的火柴殘骸。

「外婆！」

小紅帽輕觸外婆的肩膀，火柴從外婆手中滑落。這時外婆突然以猛獸般銳利的眼神瞪著小紅帽。小紅帽嚇得驚聲尖叫，不住後退。

「妳是誰……？」

再也沒有比這更悲傷、更恐怖的事了。小紅帽情急之下，打算搶走外婆手中的火柴。

「住手！」

外婆的指甲劃過小紅帽的手。

「好痛！」

火柴掉在外婆的膝蓋上。外婆撿起火柴，就要點燃。小紅帽忍痛搶過火柴，外婆從搖椅上摔下去，爬過來抱住小紅帽的腳。

「還給我！」

「不行！」

「還給我！還給我、還給我、還給我！把火柴還——給——我！」

外婆披頭散髮，充滿血絲的眼珠子暴凸，從聲帶裡擠出聲音的模樣已經不是小紅帽認識的外婆了。

小紅帽衝出外婆家，跑回自己家，邊哭邊向母親報告外婆的狀況。母親臉色大變，立刻帶小紅帽前往外婆家。

一路上，小紅帽從母親口中聽到關於那個火柴的種種傳聞。

「愛蓮的火柴」是由住在遙遠北方，名叫丹麥的國家裡一座修本哈根城市裡的少女製造的火柴，據說效能非常好。半年前在小紅帽住的森林一帶迅速普及，相較於這一帶都用打火石點火，用火柴點火的方式方便多了，而且火柴能燃燒一分鐘以上，因此立刻普及開來。除此之外，這火柴還有一種不可思議的功能，邊許願邊點燃火柴的話，就能讓夢寐以求的事物出現眼前。其他人在黑暗中也能看見那個人「夢寐以求的光景」。

起初森林裡的人都覺得很稀奇，躍躍欲試，但沒多久就發現會令人成癮。例如有個伐木大叔想再見死去的妻子一面，整天關在家裡不斷地點火柴，笑得一臉癡呆，飯也不吃，最後餓死了。

根據消息比較靈通的人所述，修本哈根及其周邊的城市也有很多人陷入類似的狀況，形成不少問題。卻沒有任何城市限制販售這款方便的火柴，結果就是活在夢裡的人不斷購買，讓「愛蓮的火柴」益發熱賣。

小紅帽從小就是愛作夢的小女孩。母親擔心她如果知道有這種火柴會沉浸在白日夢裡，所以一直瞞著小紅帽。

再次抵達外婆家一看，外婆躺在床上。

「老頭子，老頭子……」

外婆莫名其妙擺動手腳的模樣簡直就像瀕死的蟑螂，小紅帽一天之中受到兩次打擊。

「沒想到外婆居然中了火柴的毒。」

母親後悔莫及，但已經無計可施。

母親拜託男性友人將外婆抬到小紅帽家，就近照顧。外婆不吃不喝，有如說夢話似地直喊著「火柴、火柴」整整五天，接著在前天去世。

送葬隊伍沒多久就走到遠離森林的墓地。那裡已經挖好新的墓穴，男人們慢慢地將棺木放進洞裡。

「請與死者進行最後的道別。」

母親含淚說道。小紅帽將手中的花束放在棺木上。

外婆，請妳安息……

小紅帽閉上雙眼，外婆溫柔的臉浮現眼前，教她唱歌跳舞的人是外婆，讚美她做的花束很漂亮的人也是外婆。睡不著的夜晚，一直陪在身邊、握住她的手的人也是外婆。

——別擔心。只要有一顆堅強的心，一定能絕處逢生。

小紅帽想起外婆在大野狼肚子裡說過的話，淚水從緊閉的眼角順著臉頰滑落。

只要有一顆堅強的心——說過這句話的外婆卻屈服於火柴邪惡的魅力，還賠上了性命。小紅帽很不甘心。

都是那些火柴害的——

生產這款火柴的少女愛蓮，究竟是個什麼樣的女孩子？

有人從背後戳了戳小紅帽的腰。

「媽媽，別鬧了。」

小紅帽閉著眼睛說，但那個人繼續戳她的腰。

「都說了別鬧！」

耳邊傳來母親倒抽一口氣的聲音——那到底是誰在戳她？

小紅帽睜開雙眼，回頭一看，當場愣住。

大野狼藍色的眼珠子正一眨也不眨地盯著小紅帽。

「是你！」

小紅帽擺出戒備的動作。這傢伙是幾年前吞下小紅帽與外婆的那隻大野狼，絕不會錯。

「你這傢伙！」

那天剖開大野狼的肚子，救出小紅帽和外婆的獵人叔叔迅速擋在小紅帽面前。今天是外婆的葬禮，所以獵人叔叔既沒佩槍，也沒帶剪刀，但他還是跟平常一樣勇敢。

「你要是敢傷害小紅帽，我可不饒你。」

大野狼後退一步說：

「我是來致哀的，不會吃掉你們。」

「少騙人了。」

「我沒有騙人……小紅帽，我啊，肚子被你們塞滿石頭的那天，實在太痛苦了，只好回老婆婆家向她求助。善良的老婆婆剪開我的肚子，取出石頭，又幫我縫回去。當時老婆婆告訴我，獵人原想趁我睡著殺了我，是妳為我求情，小紅帽。」

「是呀。」

「從此以後我就從良了。有時候會帶著從河裡抓到的魚和香菇去找老婆婆……這種事要是傳出去，大野狼的威嚴會蕩然無存，所以我拜託老婆婆不要告訴任何人。」

外婆與大野狼私下的交流令小紅帽大感意外。

「明白了嗎？明白的話就讓我向老婆婆道別吧。」

大野狼走到放入棺木的墓穴旁，彎曲前腳，靜靜地閉上雙眼。得知大野狼為外婆哀悼的心意並無虛假，小紅帽又想哭了。母親、獵人叔叔和其他前來致哀的人都默默看著大野狼與外婆道別的身影。

半晌後，大野狼站起來，轉身面向小紅帽。

「老婆婆是被奇怪的火柴害死的吧？」

「你也知道？」

「知道。聽說是可以讓人作自己想作的夢，有如魔法般的火柴。你們人類其實是一種看起來堅強，其實內心很脆弱的生物。只要碰了那個火柴，肯定至死都無法擺脫。不吃不喝，對身邊的一切都不在乎了。」

「沒錯……」

「人類真是愚蠢，但也很可怕。即使已經害了這麼多人，至今仍有人靠那個火柴賺黑心錢，對吧？」

對。小紅帽心中再次湧出對愛蓮的憎恨。

「小紅帽，妳不想為老婆婆報仇嗎？」

「我當然想，可是要怎麼做……」

「去找火柴公司的愛蓮算帳不就好了？」

「可是見到她又能怎樣？」

大野狼微微一笑。

「我很了解森林裡的一切，像是人類只要咬上一口，就會痛苦得滿地打滾、口吐白沫而死的香菇。如果把那種香菇剁碎，混入麵粉，烤成美味的餅乾給愛蓮吃，如何？」

這麼一來，或許真能為外婆報仇雪恨。

「可是真能那麼順利嗎？萬一愛蓮不吃毒餅乾呢？」

「就算那樣，我還有下一步。森林最深處有個巴爾可老爺爺，過著隱居生活，已經很久不問世事。那個老爺爺會用硝石與硫磺製作炸藥。根據我聽過的傳聞，他做了一個葡萄酒瓶的炸藥，足以炸掉一棟房子。」

如此這般，小紅帽做了有毒的餅乾，帶著裝滿火藥的葡萄酒瓶，踏上前往修本哈根的旅途。當時她作夢也沒想到，旅途中將有那麼多光怪陸離的事件等著她。

5

愛蓮帶著身穿維京鎧甲的秘書兼保鑣巴德雷前往約爾蒙告訴她的歐登塞。

一路上，愛蓮在馬車裡看了安徒生的故事書。《醜小鴨》、《國王的新衣》、《小錫兵》、《拇指公主》、《人魚公主》、《紅舞鞋》……有的快樂、有的悲傷、有的恐怖……這是她第一次看書看得津津有味。

愛蓮相信如果是這個人，肯定能寫出她的故事。

將九歲以前的悲慘生活化為動力，年僅十三歲就成為有錢人的傳說。若能讓全世界都知道，大概不用幾年，她就能以火柴征服世界。

抵達歐登塞後，愛蓮馬上前往安徒生家，但安徒生不在。詢問鄰居，鄰居說他得了重病，住進離歐登塞有段距離的醫院裡。愛蓮立刻搭馬車轉往醫院。

「——妳就是愛蓮嗎？」

安徒生在病床上瞇著眼睛迎接愛蓮。看來「愛蓮的火柴」的名聲都傳到歐登塞了。然而，躺在病床上的安徒生看起來好虛弱，臉頰凹陷、手腳細瘦，白得跟蠟燭沒兩樣。

「安徒生先生，我今天從修本哈根遠道而來，是有事想拜託你。希望你能將我的前半生寫成故事，讓全世界的人都知道愛蓮是個偉大的成功人士。」

「這、這種事我……」

「你辦得到。不，只有你才辦得到。」

愛蓮見安徒生面有難色，命巴德雷將重金堆滿在安徒生的被子上。花了好幾個小時鍥而不捨說服，安徒生總算勉強答應寫下愛蓮的故事。

愛蓮在咳個不停的安徒生面前滔滔不絕闡述自己如何提升火柴的品質，建立起現在這麼可觀的公司規模。但是像在加爾亨家縱火，以及不擇手段取得松林這種不好聽的作為，當然全部省略。

「如何？在你這個作家聽來，我的人生精彩吧？」

「對、對呀。感謝妳告訴我這麼精彩的故事。」

安徒生依舊咳個不停。

「但我……」

「我還有工作，得盡快回去修本哈根。」

「是嘛。」

「所以請你三天內寫好。」

愛蓮不由分說地撂下交稿期限，帶著巴德雷離開病房。

三天後，愛蓮下榻的飯店收到安徒生寄來的信封，裡頭裝著畫了插圖的原稿，可以直接送去出版社付印。愛蓮壓下急切的興奮，打開來一看——為之愕然。

以愛蓮為範本的「賣火柴的少女」確實在那個平安夜，在那戶幸福人家的窗外，在火柴的光芒裡看見自己的家人和聖誕樹與蛋糕。但是完全沒有提到她在貧窮、空虛、怨懟中發誓要賺到別人一輩子也賺不到的錢，以及那之後傲人的經營之道。不僅如此，平安夜隔天早上，賣火柴的少女凍死的屍體就被人發現了。安徒生的故事以悲劇收場！

失望與憤怒之火在愛蓮心中熊熊燃燒。愛蓮立刻跳上馬車，衝向醫院。

安徒生的病房已經人去樓空，只有他的主治醫生等著愛蓮。

「安徒生先生轉走了，要我把這個交給您。」

醫生給愛蓮一封信。

我只能寫到這裡了。不能給孩子閱讀妳這種以賺錢為人生目標的故事。希望妳能保持清澈的心靈。

「噁心死了……」

愛蓮憤憤不平。

「我的成功事蹟才應該給孩子看，好嗎！」

即使廣受上百萬的讀者支持，童話作家不過是內心軟弱的浪漫主義者。

「那傢伙轉去哪家醫院？」

巴德雷大聲逼問。

「這、這我不能透露。」

「你不怕我放火燒了這家醫院嗎？」

「你、你說什麼？」

「夠了，巴德雷。」

愛蓮以冷靜的語氣制止部下動粗，接著當著嚇得噤聲的醫生的面，撕碎安徒生託他轉交的信。

「委託這種作家是我錯了。唉，真浪費時間。快回修本哈根召開經營會議吧。全世界的錢都等不及要流入我手中了。」

然而，在修本哈根等著愛蓮的卻是意料之外的狀況：兩百人的市民團體前來向她請願。

隨著愈來愈多人知道「愛蓮的火柴」具有神奇的力量，世界上也出現了許多耽溺於火柴夢境、放棄工作或學習的人。其中還有人整天關在房裡，只顧著點亮火柴，不吃不喝，甚至就地便溺，造成滿屋子髒亂發臭也不管。

包圍愛蓮工廠的團體都是這些「火柴廢人」的家人或朋友。請不要再讓這種會讓人看到幻覺，有如惡魔般的火柴出現在市場上——以上就是他們的訴求。

愛蓮承諾會出面說明，與他們約好日期與地點。

說明會當天，人山人海的群眾聚集在掛著偌大布條、上頭繪有金髮少女明媚笑臉的會場。距離預定開始的時刻已經過了十五分鐘，愛蓮還沒現身。群眾開始鼓噪，又過了好一會兒，開始有人沉不住氣要罵人的時候，愛蓮總算出現。

愛蓮走上布條前的講台，掃視鴉雀無聲的群眾，開口的第一句話就是：

「你們的家人或朋友關我什麼事。」

群眾們都呆住了。愛蓮接著說：

「假設世上有間醫技高超的醫院，什麼病都能治。為了蓋那間醫院，必須壓扁原本住在那裡的螞蟻窩，應該沒有人會抗議吧？」

愛蓮以平鋪直敘的語氣說，沒有人有能力反駁。

「如果是多數人都覺得便利的東西，即使要付出微小的代價，也沒有人會在意。這樣就對了，這樣才能為人類帶來進步。你們那些廢物家人或朋友就是我剛才說的螻蟻。」

「開什麼玩笑！」

「開玩笑的是誰？能點火、還能讓人作美夢的火柴，與連自己都管不好、抵擋不了誘惑的弱者，哪個才能為更多人帶來幸福？」

「住口！」

「妳這個魔女！」

群眾中幾個血氣方剛的年輕人大聲咆哮，想攻擊愛蓮。愛蓮連眉毛都不挑一下，拍了拍手。

這時，一群維京人打扮、荷槍實彈的男人從布條後面蜂擁而上，一個也不漏地壓制所有年輕人。愛蓮深知自己是個名人，所以雇用了私人的軍隊。由巴德雷負責管理，因此都打扮成維京人。

「看來需要蓋一座監獄了。」

那天，愛蓮回到火柴工廠的社長室，心生一計。

「巴德雷，幫我去找一流的建築師。」

「可是，愛蓮小姐，接下來還要宣傳、擴大通路、研發商品，事情很多，實在沒時間蓋監獄。」

「說的也是，那麼蓋監獄就交給托比亞斯吧！」

托比亞斯是很久以前就在火柴工廠工作的老員工，最近體力已經大不如前，連手都在抖，所以在生產火柴的現場幾乎派不上用場。不過他在員工間很有人望，如果輕易開除，想必會招來怨懟，所以一直不知道該怎麼處置。

「這真是太感激了……」

突然被老闆委以重任，年老力衰的托比亞斯感激涕零，缺了牙齒的嘴都在顫抖。

「港口有座無人倉庫，只要買下那塊土地，拆掉倉庫，蓋成監獄就行了。」

「不愧是托比亞斯，真是個好主意。我還有很多事要忙，這一切就交給你和巴德雷找來的建築師了。」

三天後，建築師就出現在愛蓮與托比亞斯面前。小鬍子用油抹成針尖般堅挺，穿著水藍色西裝，自稱阿爾文。

「我想交代你特別的任務：可以請你蓋一座固若金湯的監獄嗎？」

「監獄嗎？真有意思。」

阿爾文捻著鬍尖，做作地說。

「妳希望蓋成什麼樣的監獄呢？」

「當然是不可能逃脫的監獄。除此之外，如果能有點『愛蓮的火柴』的特色就更好了。」

愛蓮將自家的火柴遞給阿爾文。

「先讓囚犯看到一線希望，再一口氣吹滅希望之火，只剩下絕望的黑暗。我想要這樣的概念。」

阿爾文目不轉睛地看著愛蓮交給他的火柴盒，從盒子裡取出一根火柴，挑起一邊眉毛說：「包在我身上。」

監獄很快就開始動工，愛蓮忙於擴大事業版圖，沒看到興建的過程。

一切與建造監獄有關的事務都交給年老體衰的托比亞斯。阿爾文雇用的工人中，曾有人想要暗殺愛蓮，不過被愛蓮的軍隊抓住了。聽說那個男人後來被送到北方森林的伐木場去了。

監獄於三個半月後完工，托比亞斯在蓋好前不久因病去世，但愛蓮毫不在乎。監獄落成時，愛蓮甚至忘了自己下令蓋過監獄。

愛蓮本來就已經忙得焦頭爛額，這時又發生了更棘手的事。

「愛蓮小姐，陛下的使者求見。」

某一天，巴德雷向她報告。

「誰？你說誰的使者？」

「丹麥國王，弗里德利克陛下的使者。」

愛蓮跳了起來，終於連陛下都注意到她了。愛蓮放下工作，立刻答應與使者見面。

不料，使者一進會客室就說：

「陛下對妳的做法非常不高興。」

並將一張文件拿到愛蓮面前。

文件上寫著愛蓮雇用維京人軍隊擅自逮捕反對者的事。這個國家除了國王的軍隊以外，不能有其他軍隊，因此國王命令愛蓮立刻解散軍隊，否則今後不准她在國內從事任何商業行為。

白紙黑字寫得一清二楚，即使是愛蓮也不敢當作沒看見。她不得不在使者的切結書「今後不再組織任何軍隊，如果不遵從約定，願意接受懲罰」上簽字畫押。

「接下來該怎麼辦？愛蓮小姐。」
使者離開後，巴德雷一臉不知所措地說。
「修本哈根還藏匿著許多火柴廢人的朋友，正在找機會扳倒我們。如今失去武裝，該怎麼抵抗他們呢？」
「我想還是有辦法吧？只要掌握住他們的動向，趁他們採取行動前先下手為強就行了。」
「怎麼做？」
「雇用偵探，若有任何風吹草動就去查。花再多錢都無所謂，巴德雷，請你立刻去找願意協助我們的偵探。」

6

海浪的另一頭，五顏六色、有如玩具箱林立的城市逐漸進入視野。
「前面就是修本哈根。」

划船的漁夫語氣輕鬆地說。小紅帽按住頭巾看著那座城市，以免頭巾被強勁的海風吹跑。

終於來到長途旅行的終點。愛蓮可恨的肖像與眼前無數可愛的建築物形成強烈的落差令小紅帽感到迷惑。

「那些面海的建築物都是糖果屋嗎？」

「怎麼可能。」漁夫笑著說：「修本哈根是貿易港，那些建築物都是倉庫。」

小紅帽實在沒想到，港口的倉庫原來這麼色彩繽紛。

這時，她的視線停留在倉庫建築群裡，黃色倉庫與粉紅色倉庫之間，有棟深黑色的三層樓建築物。長方形外觀完全沒有要融入四周的意思，呈現出復古的中世紀氛圍。建築物上方有兩根金屬棒子，看起來格外詭異。

「那也是倉庫嗎？」

小紅帽問道。漁夫的表情一下子嚴肅起來。

「那是監獄，而且還不是國家蓋的，是愛蓮的火柴公司私設的監獄。」

這個名字令小紅帽悚然一驚。

「才十三歲就開公司賺那麼多錢的愛蓮有很多敵人，所以派手下捉拿對她有異心的人，關進那座監獄。」

這麼說來，建築物上面那兩根棒子看起來確實有點像火柴棒，看來愛蓮果然不好對付。

「愛蓮在鎮上非常有人望，但我不喜歡她，因為那丫頭害我吃盡苦頭。」

漁夫瞪著監獄說。

「吃盡苦頭？」

「沒錯。不久之前，我還在修本哈根最大的火柴公司『聖艾爾摩之火』上班。無奈我的公司不敵『愛蓮的火柴』，被『愛蓮的火柴』併購。同一時間，我就被開除了，如妳所見，我現在是個窮漁夫。」

漁夫叼著菸，用火柴點火。吐出一個煙圈後，讓小紅帽看他的火柴盒，上頭寫著「聖艾爾摩之火」。

「離職時，我把所有能拿的庫存都帶出來了。算是一點點微不足道的唱反調吧。透過『愛蓮的火柴』看到的一切都是幻影。」

「我認為你這樣做很聰明。」

「是嗎？那給妳一盒。」

小紅帽接住漁夫拋過來的火柴盒，感到責任而全身緊繃了起來。

小紅帽抵達港口，與漁夫道別後立即漫步於修本哈根。走沒幾步就看到寫著「愛蓮的火柴‧第三區直營店」的巨大招牌。金髮碧眼的少女正朝她微笑。

小紅帽問剛從店裡走出來的老婆婆：

「婆婆，請問『愛蓮的火柴』在這裡真的那麼有名嗎？」

「那當然，託那個火柴的福，這個城市才能打開知名度。」

老婆婆一臉理所當然地回答。

「她還捐了很多錢給鎮上，這條路和那條河上的橋都是愛蓮幫我們蓋的。雖然有人說她不好，但我認為她是很了不起的孩子。」

果然如漁夫所說，愛蓮很有人望。然而隨著小紅帽在鎮上邊走邊打聽，也很快就遇到對愛蓮沒好感的人。

「那傢伙害我弟弟變成廢人！」

有個獨自坐在酒館前的木箱上喝酒的紅臉大叔，幾乎是纏著小紅帽不放地說道。他的腳邊至少有十支葡萄酒空瓶。

「我弟弟是漁夫，今年漁獲量不足，每天連買麵包都有困難。一看到我就向我要錢，絮絮叨叨地誇口：『我遲早會捕到多得足以沉船的鰈魚。』但是突然一個月前不見人影。」

大叔咕嘟咕嘟地灌下酒。

「既沒有聽到漁況變好的消息，也不覺得他能弄到錢。所以我覺得不對勁，去弟弟家一看，那小子竟關在房裡，一邊點火柴，一邊『嘿嘿嘿、嘿嘿嘿』地傻笑。頂著黑眼圈，滿頭頭皮屑，嘴角還掛著口水。我搶走他的火柴，要他別再點了，那小子也答應我。然而不到兩天，他又跑來我家要錢買火柴。」

跟外婆一樣，小紅帽心想。結果他弟弟現在被關在他家的閣樓裡，正在對抗火柴上癮的戒斷症狀。

「妳也是『愛蓮的火柴』的受害者嗎？」男人試圖避開路人的目光問她。

大概是從小紅帽的言行舉止看出端倪。小紅帽點頭承認。

「既然如此，我帶妳去反愛蓮組織成員的旅館，那裡應該能遇見同夥。」

大叔帶她來到位於市中心的大飯店，真令人意外。

那家「燕子飯店」的大廳來來去去都是些體面的紳士淑女、貌似有錢的商人，怎麼看都不像是反愛蓮組織聚集的場所。紅臉男人幫小紅帽要了一個房間，丟下一句「晚上應該會有人來接妳」就走了。

小紅帽被帶到四樓的邊間，房間很小，只有一張單人床和書桌。空氣很不流通，她打開窗戶，眼下是一覽無遺的廣場，輕鬆談笑的貴婦、牽狗散步的少年……充滿陌生都市的生活氣息，小紅帽一時半刻沉浸在旅遊的情懷裡。如果這是一趟正常的旅行該有多好啊……

小紅帽有點累了，躺到床上，打算趁來接她的人出現以前先休息一下。她閉上雙眼，聽見「嗡……」的聲音，好像有蟲子從窗戶飛進來了。

*

晚上九點過後，有人敲她的房門。

門外是飯店工作人員。

「這位客人，我帶您去本飯店的會員制餐廳。」

壓低聲線說話的神態，一看就知道是要帶她去反愛蓮組織的聚會。小紅帽提起籃子，跟在他身後。

來到飯店二樓走廊盡頭的空房裡，那人轉動裝飾櫃上的燭台。櫃子發出「吱吱吱」的聲響整個動起來，出現一道暗梯，底下傳來人聲鼎沸的喧譁。

下樓梯後，眼前是有如港口倉庫、很殺風景的房間。牆邊的桌上備了酒和餐點，但是都沒有人碰。眾人面前有一座木箱堆成的小舞台，舞台上有個女人正淚流滿面地控訴著。飯店員工靜靜地行禮，上樓去了。

小紅帽聽著女人說的話，原來是她的母親被「愛蓮的火柴」弄成廢人。後來也一直有人輪番上台，述說自己親朋好友的遭遇。每次都會有聽眾氣沖沖地吶喊著不能讓「愛蓮的火柴」繼續販賣、應該把愛蓮抓起來云云。

最後，除了小紅帽以外，所有的出席者都發表完了。

「妳想說點什麼嗎？」

坐在一旁的青年溫柔地問。皮膚白皙、五官俊美的青年眼裡流露出期待的神色。

小紅帽直挺挺地站起來，走到大家面前。

「我來修本哈根就是為了殺死愛蓮。」

小紅帽語出驚人，所有人都愣住。

小紅帽娓娓道來外婆中了火柴的毒，變得與廢人無異，最後因此喪命的來龍去脈，以及自己發誓要為外婆報仇，展開長途旅行的始末。說著說著，愈來愈激動，聽眾們也都感受到小紅帽的憤慨。

「說歸說，妳要怎麼殺死愛蓮？」

坐在最前面，臉頰有傷的男人問。小紅帽從籃子拿出餅乾。

「這是吃一口就會死的毒餅乾。我會假裝成崇拜愛蓮、想跟她一樣白手起家的少女接近她。然後說有禮物要送她，讓愛蓮吃下這些餅乾。如果是大人給的餅乾，她或許會起疑。但是聽到我這個年紀的小女生崇拜她，她應該不會起疑。」

哦……聽眾們紛紛鼓掌，但聲稱母親中了火柴的毒的女人似乎不以為然。

「我聽說愛蓮非常小心。妳或許能接近她，但要讓她吃下餅乾……」

「如果她不肯吃，就只能強硬一點。」

小紅帽從籃子裡拿出葡萄酒瓶。

「這裡頭裝滿了特製火藥。只要丟向她，瓶身一破裂，就能引發足以炸掉這整棟飯店的大爆炸。」

太棒了！聽眾裡傳來喝采，剛才那個女人心服口服。

「妳什麼時候要採取行動？」

臉頰有傷的男人迫不及待地問。

「打鐵趁熱，明天吧。」

彷彿是從小紅帽的回答得到了勇氣，聽眾們歡聲雷動。

接下來是酒宴，眾人前來鼓勵小紅帽，向她敬酒，但小紅帽不會喝酒。

「如果是這個就能喝了。」

在喝得爛醉、已經無暇顧及小紅帽的眾人一旁，剛才那名英俊的青年遞上一杯桃紅色的液體。小紅帽把杯子湊到嘴邊，有一股酸酸甜甜的味道。

「這是櫻桃雞尾酒，不含酒精喔。」

小紅帽看著他微笑的臉，愣了一下。青年的年紀似乎比小紅帽稍大一點。

小紅帽忍不住思考這個人是不是對自己有意思，趕緊告誡自己別胡思亂想。

這趟旅行的目的是對愛蓮報仇，沒空為男人分心。小紅帽為了將他逐出腦海，一口氣喝光雞尾酒。

「再來一杯吧。」

青年向小紅帽勸酒。如果只是喝一點的話……小紅帽不知不覺地又要了一杯。

她只記得將杯子湊到嘴邊以前的事。

＊

小紅帽再度睜開雙眼，發現自己仰躺在冰冷的地上。陰暗又有霉味的空間顯然不是那個地下室，當然也不是飯店房間。周圍一片漆黑，伸手不見五指。

她正要撐起上半身時——

——咻。

左邊頓時明亮起來。

「妳醒啦。」

橘色光線下，浮現出那位青年白皙俊朗的笑臉。可是，不太對勁。小紅帽與青年之間隔著好幾根鐵欄杆，旁邊還站著一個陌生的維京人男子。

「這裡是哪裡？」

「愛蓮小姐的監獄。」

青年樂不可支地回答。

「怎麼回事……？」

「妳比我想像的還笨耶。我叫千里，是愛蓮小姐雇用的偵探。喬裝身分以蒐集情報，後來發現想阻止愛蓮小姐販賣火柴的人都在燕子飯店的地下室集會，所以我也假扮成同夥混進去。」

他趁大家專心聽演講的時候，偷偷把安眠藥加到飲料及餐點裡。

「妳一下子就睡著了，這任務簡單得令我吃驚。接著我按照原訂計畫，找來愛蓮小姐的員工，將各位一網打盡。其他人都關在樓下的大牢房，只有妳關在這裡，因為愛蓮小姐想見妳。」

這可是特別待遇喔！千里笑著說，咻地點亮另一根火柴，又只有他的周圍變亮了。他把火柴交給維京人男子，視線落在原本夾在腋下的文件上。

「實不相瞞，我派到各地的眼線都回報與妳有關的情報。月光城堡、麥芬、古騰修拉夫。聽說有個戴紅頭巾的小女孩一面在各地解決奇怪的事件，一面往修本哈根前進。看了那些報告，我不禁懷疑妳這個人肯定有問題。」

「情報……」

「我不是說我是偵探嗎？情報是偵探的命脈。最近很不平靜，連國外來的人都想殺愛蓮小姐。我的任務是防範於未然……事實上，我忌憚妳的聰明，所以怎麼也沒想到會在潛入調查那場聚會時遇到妳。」

千里哈哈大笑。

「我不曉得你們這些想暗殺愛蓮小姐的人關進這裡以後有什麼下場，但如果傳言不假，你們會被送到北方一百公里外的森林服勞役，砍伐製作火柴棒的木材。」

千里笑著搖頭。

「大概會很冷吧……」

「我也要去那裡嗎？」

「不如妳冷靜一晚，明早向愛蓮小姐道個歉吧？或許有萬分之一的機會能得到她的原諒。」

青年把火柴盒扔到小紅帽跟前。

「妳沒用過『愛蓮的火柴』吧？如果妳能體會這火柴的迷人，應該就會知道殺死愛蓮小姐的念頭有多麼不切實際。怎麼用呢……想必不用我再說明。」

千里站起來，最後又露出一個玩世不恭的笑容。

「就這樣吧，祝妳有個好夢。」

千里吹熄火柴，眼前再度陷入一片漆黑。千里與維京男踩著刺耳的腳步聲，漸行漸遠。

身處黑暗中，難以掌握時間的快慢。小紅帽一動也不動地定住好一會兒，下定決心，拾起火柴盒。取出一根火柴，咻地點燃。

明亮了起來。小紅帽以火柴照亮四周，看清囚禁自己的牢房長什麼樣子。可惜光線再亮也無法趕走內心的不安。

想像自己在北方的森林裡砍柴的樣子。她才不接受這樣的命運。但是目前的窘迫……火柴的光線變弱了。小紅帽又拿出一根火柴，點亮。

——咻！

7

「哦，為了殺我，特地從南方遠道而來呀……」

愛蓮正在看千里的報告。

已經過了深夜十一點，她的頭腦還很清醒。桌上是那個少女隨身攜帶的籃子，裡頭是餅乾和葡萄酒瓶炸彈。多麼幼稚又沒用的貨色。

「所以呢，那個小紅帽現在在做什麼？」

「不知道。她聽完我說的話，似乎很驚訝，現在或許終於感受到絕望。」

「嗯哼。」

愛蓮最痛恨那種生來沒過過苦日子的人。那些人不用努力也能找到足以溫飽的工作，所以不曾拚了命地努力。既沒有在巷子裡受凍過，也沒有對活下去感到焦慮。明明也沒有什麼了不起的付出，只會嫉妒、憎恨、拚命想拉下努力得到財富的人。

剛聽到小紅帽的故事時，愛蓮還以為她大概又是那種膚淺、愚蠢，連火柴灰燼的價值都沒有的其中一人，可是看了報告，便對小紅帽產生興趣。她在旅途中遇到的全都是懸疑難解的奇妙事件，她一定具有非凡的才能才得以解決。

「我想會會她。」

「愛蓮小姐想見她嗎？」

「對呀。我想見她一面……這麼說來，我還沒去過監獄呢！當初全權交給死去的托比亞斯和建築師阿爾文了。」

愛蓮抓起一盒放在桌上的火柴，命千里帶路。

即使在夜晚的路燈下，仍能清楚認出「海豹海運」藍色的倉庫。右邊有一棟與周圍的倉庫截然不同，石頭打造的黑色建築。

「好陰森的建築物啊，光是想像被關在這種地方，就忍不住瑟瑟發抖。」

「不是妳叫人蓋的嗎？」

千里和巴德雷笑著為愛蓮帶路。

一走進去，入口處是警衛室。愛蓮走進警衛室，三個警衛連忙起立。

「愛蓮小姐！這個時間您怎麼來了？」

「我來見那個名叫小紅帽的孩子。」

「這樣啊！請往這邊走。」
典獄長親自點亮提燈，帶愛蓮去三樓關小紅帽的牢房。
一樓只有警衛室，二樓和三樓才是牢房所在（愛蓮就連這個也不知道）。
小紅帽獨自囚禁在三樓的牢房。
偌大的牢房至少可以羈押二十人。裡頭面海的牆上，有一扇兩個手掌大的窗戶，勉強讓光線透進來。
戴著紅頭巾的小女孩端坐在正中央。
「初次見面，小紅帽。」
愛蓮出聲。
「誰？」
「我就是妳一直想找的人喔。」
「愛蓮……？」
「對呀，小紅帽。」
愛蓮輕輕舉起一隻手，提著籃子的巴德雷走上前來。
「啊，那是！」

「是妳的籃子，裡面是毒餅乾和裝滿炸藥的危險酒瓶。」

「還給我！」

小紅帽從鐵欄杆的空隙伸出手去，可惜搆不到籃子。愛蓮終於覺得有點意思了。小紅帽的年紀似乎比愛蓮稍長一點。但如果比財富與力量，無疑是愛蓮占了上風。

「真可惜啊，小紅帽。妳是來找我報仇的吧？」

「妳害太多人遭遇不幸，別再賣那種火柴了！」

小紅帽不甘心的表情真迷人──讓這種人打從心底對自己心悅誠服才是真正的權力展現。

「開始吧。」

愛蓮走進小紅帽的牢房，拿出火柴盒，抽出一根火柴，劃過盒子側面的磷皮。

「讓妳看看我們的故事。」

──咻！

8

小紅帽坐在沙灘上。

一望無際的蔚藍海洋，暖洋洋的陽光灑落一地，令人心曠神怡。鯨魚在遠處噴水。金髮碧眼的愛蓮坐在她身旁，望著遠方的海平線。

「這裡是南島的海洋，很舒服吧。」

愛蓮開口的同時，海風迎面而來，吹過她美麗的金髮。

「與修本哈根的海完全不一樣。」

「這裡是……」

「不要明知故問。」

愛蓮轉身面向小紅帽。手裡有一根點燃的火柴。

「千里告訴我了。妳外婆的死，我很遺憾。」

這句話讓小紅帽想起了一切。

眼前賣火柴的少女愛蓮是不共戴天的仇人。好不容易與她面對面，小紅帽手邊卻沒有毒餅乾和酒瓶炸彈。

既然如此，只能直接曉以大義了。

「愛蓮，妳的火柴是有害的。我可以任憑妳處置，只求妳不要再賣火柴！」

「我辦不到。」

愛蓮無動於衷地拒絕小紅帽的請求。

「我沒有錯。火柴能讓心願呈現眼前，不是很美好嗎？擅加濫用，變成廢人是因為那些人太軟弱。只要心志強大，就能面對現實活下去。」

「人心本來就很軟弱。」

「能反過來利用軟弱的人才是強者喔！軟弱的人正因為軟弱，才會買很多我的火柴。這麼一來，我又能擴大事業版圖了。還能捐錢給鎮上，皆大歡喜。」

「可是有很多人很慘啊。」

「怠惰的人動不動就搬出這個理由。明明自己完全不努力，還嫉妒成功者，怨恨成功者，因為怨天尤人遠比努力輕鬆多了。」

愛蓮笑呵呵地說。

「這個話題到此為止。善惡的話題討論再久也不會有答案，只是浪費時間。比起這個，妳要不要跟我合作？」

「合作？」

「沒錯。我想正式拓展南方的通路，成立分公司。如果在妳的故鄉成立分公司，妳願不願意成為分公司的社長，幫我賣火柴？」

小紅帽驚訝極了。少女說的話簡直是天方夜譚。

「妳的年紀應該比我大一點，但也還是不折不扣的『少女』。『愛蓮的火柴』一定要由少女來賣才行。事業成功後，我們再一起去旅行，去真正的南島海洋。」

「才不要。」

小紅帽一口拒絕。

「居然要我賣害死外婆的，我才不要。」

「我剛才就說了，那是因為妳外婆太軟弱了……」

「無論妳怎麼說，我都不會跟妳合作！妳是魔女，專門利用人類的弱點，中飽私囊的魔女！」

沉默。

沙……沙……宛如用顏料刷過的藍天下，只聽得見海浪聲。愛蓮眼睛一眨也不眨地看著小紅帽，沒多久，丟下一句「好吧」，站起來。

「這就是妳的回答嗎？事後再後悔也來不及囉。」

「我才不會後悔。」

「妳還有什麼能耐嗎？」

愛蓮對小紅帽投以輕蔑的目光，「呼！」地一聲吹熄火柴。

四周一瞬間暗了下來。

當小紅帽的雙眼習慣黑暗，只見愛蓮正從牢房對面的樓梯下樓。

9

造訪監獄的隔天上午九點多。

愛蓮在工廠的研究室與約爾蒙談事情，眼前是一堆玻璃器皿。目前一根火柴燒完大約兩分鐘，所以他們正在討論能不能再久一點。約爾蒙搖了搖試管，無奈地說：「我已經試過各種方法了……」

愛蓮很有經營頭腦，但是對化學一竅不通，因此所有與火藥有關的細節都只能仰賴這個男人。但約爾蒙每次都是這種無所謂的態度，急死愛蓮了。

「別急，稍微休息一下吧。我去泡咖啡。」

約爾蒙輕鬆地笑著帶過，安慰愛蓮。愛蓮也只能依言坐下，喘一口氣。然後想起一件事。

「對了，約爾蒙。小紅帽帶來的火藥有多大威力？」

「那個啊，哈哈哈。」

約爾蒙轉動磨豆機的把手，笑著說：

「那玩具根本派不上用場。打破瓶子就爆炸，聽起來好像是簡易版的炸彈，但那種火藥頂多只能噴出一點火花。與其說是騙小孩的玩具，不如說是騙嬰兒的。」

「原來如此。」

愛蓮也呵呵笑了。想起昨晚用火柴玩弄小紅帽時她的表情。說的那麼狂妄，但她當成祕密武器的炸彈根本派不上用場，真是太慘了。

把她跟因帥氣偵探千里的探查而抓到的人一起送去北方的森林做苦工好了。愛蓮沒去過那裡，但冬天颳起強風、下著暴雪的森林肯定比修本哈根更冷吧。

「愛蓮小姐！」

就在這個時候，有人粗魯地推開研究室的門，來人正是千里。俊美的臉極為蒼白。

「小紅帽從牢裡消失了。」

愛蓮一瞬間沒聽懂他在說什麼。

「你說什麼？」

「不只小紅帽，一起抓回來的其他二十人也都不見了。」

監獄在離工廠駕馬車五分鐘左右的地點。愛蓮趕到時，典獄長一臉鐵青。

「聽說小紅帽他們逃走了？」

「是的……啊……嗯……」

年過五十的典獄長只會支支吾吾地重複著這幾個字。

「振作一點！」

「對、對不起，今天早上六點明明都還在的啊。」

這座監獄每隔三個小時查一次房。分別是凌晨零點、三點、六點、九點、正午、下午三點、傍晚六點、晚上九點。今天早上六點，典獄長親自巡房時，二樓的二十個囚犯和三樓的小紅帽都還在睡。然而剛才由另一位獄卒進行上午九點的巡房時，二樓的牢房和三樓的牢房都已經人去樓空。

「廢話少說，先帶路。」

「好、好的。卡希爾！」

二十出頭的年輕獄卒馬上立正站好。看來他就是負責上午九點巡邏的獄卒。

愛蓮、千里、巴德雷依序跟在他後面。二樓的牢房裡確實沒有人。接著是三樓，昨天與小紅帽對峙的牢房裡已經不見人影。

愛蓮檢查牢房門口的鎖頭。黃銅製的鎖頭相當牢固，絕不是徒手就能打開。

「這個鎖的鑰匙呢？」

「在這裡。」卡希爾立刻解開繫在腰間的一整串鑰匙，將其中一把插進鎖頭，轉了一圈。伴隨著「咔嚓」一聲沉重的聲響，鎖開了。

「鑰匙只有這一把嗎？」

愛蓮問他，卡希爾頻頻點頭。

「六點到九點之間確實都掛在樓下的警衛室牆上。」

這也表示無法從這裡出去。就算有什麼方法從鐵欄杆鑽出去後，也必須經過警衛室，才能從一樓唯一的出口出去。

愛蓮走進牢房，冷不防腳被絆了一下。

「小心點，愛蓮小姐。」

千里提醒她的時候，愛蓮已經一手撐在地上了。回頭看，牢房的入口處有點高低差，牢房比走廊高了幾公分。

「我沒事。」

愛蓮站起來，四下張望，周圍空無一物，木頭地板上連一根線頭都沒有。

從入口看進來，左右兩邊的牆壁都是塗黑的石材。粗糙冷硬的石材是為了給囚犯製造壓迫感。
愛蓮走近面海的牆邊。
採光窗只有兩個手掌大。窗外還嵌了三根欄杆，沒有玻璃，帶著潮水味的寒冷海風直接竄進來。愛蓮踮起腳尖，從窗口往外看，無邊無際的大海捲起灰色的浪花。
「會不會是從這裡逃出去了？」
愛蓮問其他人。
千里代為回答。
「應該不可能。如您所見，欄杆之間的空隙很窄，連要把拳頭伸出去都很困難。就算拆掉欄杆，以這扇窗戶的大小，也只有小老鼠才逃得出去。」
「就算逃出去，這裡可是三樓，底下就是大海。」
巴德雷也接著說。
「如果用法術，變成鳥飛走呢？」
愛蓮質疑。
「小紅帽不是從遙遠的南方來的嗎？據說海對面的森林裡，有會施展各種法術的女巫。要是小紅帽認識的女巫能把人類變成動物，不就能從這裡逃出去了嗎？」

「呃……」

「這、這個嘛……」

千里與巴德雷面面相覷。

「你在搞什麼，千里。你的工作是偵探吧！還不趕快去調查小紅帽有沒有認識那樣的女巫！」

「好、好的。」

千里一臉不服氣，但也立刻下樓。

「話說回來，小紅帽真是太可惡了。我一定要把妳送去北方的森林，妳等著瞧好了。」

「那個……」

巴德雷插嘴。

「什麼事？」

「那個……我以為愛蓮小姐注意到了，只是沒點破，所以我才沒說……」

「到底什麼事？」

巴德雷的體魄像真正的維京人一般強壯，但性格其實有點怯懦，說話總是拖泥帶水。

「有話快說！」

「那我就直說了，這座監獄……」

「愛蓮小姐！」

這次是典獄長火燒眉毛似地從樓下衝上來。

「剛才收到消息，第四區的直營店失火了。」

「你說什麼？」

「愛蓮的火柴」在修本哈根有十四家直營店，第四區的店是規模最大的。

「根據直營店傳來的消息，有個女人突然朝陳列檯投擲葡萄酒瓶。引起威力強大的爆炸，店裡的火柴一口氣燃燒起來。」

「真是膽大妄為的暴徒。」

愛蓮小姐，「那名暴徒……」

典獄長的臉色白得不能再白。

「據說戴著紅色的頭巾。」

＊

愛蓮立刻叫來馬車，帶著巴德雷趕到第四區直營店。

火勢已經撲滅，但商品也全部燒得焦黑，不能賣了。

「是戴著紅頭巾的女人幹的，不會錯的。不曉得在喊什麼，一邊把瓶子扔向貨架。瓶子破掉的瞬間就起火了……嗚嗚……」

店員的話讓愛蓮的怒火沸騰至頂點。小紅帽……不知道她是怎麼辦到的，不只逃獄，還攻擊了愛蓮的店。

問題是，裝有藥的葡萄酒瓶應該在抓到小紅帽的時候就被扣押了。她究竟是從哪裡弄到火藥？

「巴德雷！」

愛蓮對忠實的秘書兼保鑣說。

「召集軍隊。」

「什麼？」

「在修本哈根展開地毯式的搜索，要是有人藏匿小紅帽，就拿下他。」

「可、可是，弗里德利克陛下禁止您出動軍隊。如果我們又組織軍隊，會受到懲罰。您也在切結書上簽名了……」

「事到如今，你還在說這種話？」

愛蓮表面上強作鎮定，但冷靜的語氣下憎恨與憤怒的漩渦正翻攪著。巴德雷立刻抬頭挺胸地回答：

「是，恕我失言！我馬上去！」

「等一下。」愛蓮叫住就要往外衝的巴德雷。

「把監獄的獄卒也帶去。」

「把獄卒們也帶去嗎？」

「對。守著沒有囚犯的監獄也沒用吧？一個人都不用留下。」

「了解。」

巴德雷轉身離去。那個女人，送去北方森林都還便宜她了。乾脆處以火刑……愛蓮在心底發誓時——

「愛蓮小姐！」

只見千里神色倉皇地自遠處狂奔而來，愛蓮內心充滿不祥的預感。

「千里，我不是派你去調查嗎？」

「現在可不是調查的時候！」

千里直嚷嚷。

「第三區直營店、第五區直營店也受到攻擊了，全是小紅帽幹的好事！」

10

小紅帽沉住氣，耐心地等待。

不曉得等了多久。最後一餐是昨晚在燕子飯店的地下聚會吃的三明治。想必沒有經過太久，她卻覺得飢腸轆轆，光是要站起來都覺得好累。

有時幾乎快要被焦慮擊潰了。萬一一直沒有人來救她……她或許會餓死在這裡，變成乾屍。

總之，眼下只能抱著希望等待。

因為只有這樣才能打敗那個名叫愛蓮的賣火柴少女——

11

最後，那天位於修本哈根的十四家直營店全都受到炸彈攻擊。

每家直營店員都說，有個戴紅頭巾的人不經意靠近，還沒搞清楚對方是誰，對方就朝店內丟葡萄酒瓶。瓶子破裂的同時，發出震天價響的爆炸聲與閃光，商品隨即起火燃燒。

愛蓮氣得七竅生煙。不惜打破與國王的承諾，再次集結、動員軍隊，結果不只沒抓到小紅帽，連她的去向都沒掌握到。

無論派兵闖入先前列入觀察名單的火柴廢人的親朋好友家，還是強行搜索，都找不到藏匿小紅帽的痕跡。不僅如此，小紅帽還現身直營店，偷襲後就消失。簡直只能用神出鬼沒來形容。

到了傍晚，愛蓮回到火柴工廠的社長室，研擬新的對策。召集千里、約爾蒙及資深的員工們，詢問大家的意見。另一方面，為了不讓小紅帽逃離修本哈根，巴德雷則負責指揮維京人裝扮的軍隊鎮守在十字路口及港口各地。

「實在很奇怪……」

帥氣偵探千里盯著攤開在桌上的修本哈根地圖喃喃自語。地圖上的紅色記號是受到攻擊的直營店。

「第一區與第七區的直營店幾乎同時在下午兩點過後受到攻擊，但這兩家店的距離，即使是跑得再快的飛毛腿也得花上二十分鐘。」

「確實很奇怪。」

約爾蒙也表示同意。

「不僅如此，小紅帽也幾乎同時出現在第八區與第十區。」

「難道有兩個以上的小紅帽？」

「怎麼可能！」

愛蓮怒吼，打斷他們的對話。

兩個小紅帽？愛蓮覺得頭好痛。小紅帽逃獄已經夠煩了，現在居然有兩個……？愛蓮想起昨晚對峙時那名少女的臉。
小紅帽在前往修本哈根的旅途中解決了許多難解事件。愛蓮承認她很聰明，但怎麼也沒想到自己竟會被愚弄至這個田地。
這簡直是，簡直是……
「簡直是一場惡夢。」
愛蓮喃喃自語後，恍然大悟。
「夢！」
「怎麼了？」
約爾蒙問她。
「我明白了，這是作夢吧？小紅帽讓我作了這樣的夢。」
愛蓮開始東張西望，員工們全都不解地看著她。
「原來如此，這就是以其人之道還治其人之身嗎？我才不會上當，小紅帽。再怎麼說，這是我的火柴。妳給我等著，我現在就吹熄火柴！」
「愛蓮小姐，請冷靜一點。」
千里抓住愛蓮的肩膀。

「這是現實。」

愛蓮看著他，用力甩了自己一巴掌，一陣劇痛貫穿全身。這是她有生以來最不想面對現實的一刻。

然而，對愛蓮來說，真正的惡夢還在後頭。負責在鎮上的主要幹道布下天羅地網的巴德雷衝進來。

「怎麼了？巴德雷。」

「這座工廠……被小紅帽們包圍了。」

＊

拜愛蓮的捐款所賜，修本哈根所有街道都有路燈。愛蓮步出工廠，眼前是大約二十名被路燈照亮的群眾。大家都戴著一樣的紅頭巾，可是看不見臉。

陰森詭異的光景令愛蓮忍不住倒抽一口氣。工廠前，員工們和千里也都啞口無言地看著那群小紅帽。至於約爾蒙，大概是因為害怕，拄著拐杖的手不禁發抖。

「你們是……什麼人？」

愛蓮問道。

超過二十個小紅帽。

默不作聲地站在那裡。

幾乎讓人以為是人偶或亡魂，但還是有幾個人微微晃動，所以顯然是活生生的人類。身高也不一，仔細看，每個人腳下都穿著不同的鞋子。

「拿掉你們的頭巾！」

愛蓮以嘶啞的聲音命令。

小紅帽們從頭巾底下拿出某樣東西，代替回答：綠色的葡萄酒瓶。今天一整天奔波於受到攻擊的直營店的人很清楚那裡頭裝了什麼。

「我的軍隊呢？」

愛蓮問巴德雷。

「現在應該正朝這邊趕來。」

話說回來，就算夜色再暗，別說是軍隊了，就連一般市民也沒有看到半個，這到底是怎麼回事？

這時，通往廣場的馬路傳來「噠！噠！」沉甸又規律的腳步聲。
「是我的軍隊！」愛蓮歡呼：「快點，這邊！」
愛蓮朝他們揮手，但軍隊的腳步聲仍不急不徐。
「好像不太對勁？」約爾蒙說道：「那是馬匹。」
他說的沒錯。腳步聲裡還夾雜著「啪咔、啪咔」的馬蹄聲。愛蓮的軍隊應該沒有騎兵。
沒多久，軍隊從黑暗中現身。愛蓮看清楚來人後，大驚失色。
「全員聽令，停！」
一身筆挺軍裝的男人騎著白馬，走在最前面，以冷靜自持的語氣下令。
一行人在小紅帽們的正後方停下腳步。
毛色充滿光澤的馬匹與擦得亮晶晶的佩槍與鎧甲，這是國王的軍隊，總共有兩百人吧。氣派的裝備與紀律都是愛蓮的軍隊比不上的。
「賣火柴的少女，愛蓮啊。」
坐在白馬上的男人開口。愛蓮當然認得他的長相，丹麥國王，弗里德利克陛下。

「妳以前發誓對朕效忠，絕不再動用私人軍隊，還簽下切結書。但妳今天又出動了軍隊，讓修本哈根陷入混亂。」

「不、不是的，是小紅帽對我的……」

「不准狡辯。」

弗里德利克陛下不由分說地打斷她的解釋，並從懷裡掏出一疊文件。

「這是與朕的國家通商的鄰近各國捎來的陳情書，朕看過了。『愛蓮的火柴所產生的幻覺會讓人成癮，降低人民的勞動欲，使人民陷於怠惰，有時候甚至連命都賠進去了，所以請立刻停止出口該商品』——朕希望與鄰近各國友好，因此愛蓮啊，從現在起，禁止妳公司的火柴出口到其他國家，同時也禁止在國內販賣。」

「怎麼這樣……」

「真遺憾呢。」

傳來耳熟的聲音，定睛一看，那個女人就坐在弗里德利克陛下的白馬正後方的馬背上，朝愛蓮揮手。

「小紅帽！為什麼？」

「為什麼啊……我想想，該從哪裡開始說明才好呢？」

握住一旁待命的士兵的手，小紅帽「嘿咻！」一聲下馬。然後穿過許許多多的小紅帽，走到愛蓮面前。但她要說話的對象並不是愛蓮，而是站在愛蓮身邊，一臉茫然的千里。

「千里先生，你說你早在見到我以前，就知道我了。」

小紅帽對千里嫣然一笑。

「我也知道你的事喔。」

12

事情發生在小紅帽在燕子飯店的地下室喝下千里給她的櫻桃雞尾酒而昏睡的幾個小時前。

小紅帽被帶到飯店房間，打開所有窗戶，想休息一下，躺在床上閉目養神。

「嗡……」的聲音在耳邊響起。啊，蟲子飛進來了，得關上窗戶才行。正當小紅帽打算爬起來關窗——

「小紅帽，妳有危險了。」

好像在哪裡聽過這個高八度的聲音？

睜開雙眼，有隻瓢蟲停在枕頭上。

「艾美？」

小紅帽坐起身來。沒錯，那是住在麥芬森林裡的大野狼格奧爾忠實的部下——瓢蟲艾美。

「這不是艾美嗎？妳怎麼會在這裡？」

「小紅帽，妳是不是想找愛蓮報仇？」

「妳怎麼知道？」

「格奧爾很在意妳籃子裡的東西，要我跟著妳。」

但那是小紅帽離開森林又過了一陣子的命令，所以艾美花了幾天才知道小紅帽的去向。她好不容易在古騰修拉夫王國掌握到小紅帽的下落時，小紅帽已經離開紀辛爺爺的大宅，前往修本哈根。

「妳離開紀辛家的時候不是說過嗎？妳要去修本哈根，殺死愛蓮。修娜希恩都告訴我了。」

如果是那個在胸前飼養蜘蛛當胸針的人，就算能跟瓢蟲對話也不足為奇，小紅帽完全信服。

「我也知道愛蓮有多危險，所以特地來警告妳一聲。」

「艾美，謝謝妳為我擔心。可是別阻止我，因為我這趟旅行真正的目的就是復仇。」

沒想到艾美給出一個出人意表的答案：

「誰說要阻止妳了？」

「咦？」

「『愛蓮的火柴』不是好東西，格奧爾大人也從鎮上的人聽說了。很多人都在等妳給愛蓮一點顏色瞧瞧。」

「那……」

「我是來告訴妳燕子飯店的集會很危險，比我更熟悉內情的人就在廣場對面的餐廳裡，妳去會會他吧。」

小紅帽接受艾美的建議，脫下紅頭巾，變成平凡的女孩子。她穿過廣場，走進餐廳。走到坐在餐廳最裡面，打扮得很寒酸，正在吃香煎鮭魚的男人面前，她拉開男人對面的椅子坐下。

「妳好。」

「欸？」

對方自然地向小紅帽打招呼，小紅帽看到對方長相，大吃一驚。穿著打扮雖然像個流浪漢，但她見過這張臉。

那是小紅帽在古騰修拉夫王國遇見的義大利花花公子——納普。

「雖說是有任務在身，但打扮成這樣實在不是我的風格，總之先慶祝我們重逢。」

納普從髒兮兮的外套內側遞出一朵玫瑰給小紅帽，小紅帽撥開他的手。

「好痛！」

「別跟我來這套！艾美口中對燕子飯店的聚會知道內情的人就是你嗎？」

「正是在下。」

納普壓低聲音說。

「愛蓮有個密探叫千里，已經潛入那場聚會。正確地說，其實是愛蓮遍布鎮上的眼線使計讓敵視愛蓮的人今晚聚集一堂。」

「介紹我去燕子飯店的大叔也是她的人嗎？」

「大概是千里的人吧。」

怎麼會這樣？小紅帽不知不覺竟已落入敵人的圈套。

「妳最好打消接近愛蓮、殺害她的念頭。毒餅乾和葡萄酒瓶炸彈根本異想天開。」

納普顯然已經明白小紅帽的意圖。

「你到底是何方神聖？怎麼會知道這麼多事情？」

「我不是說我在環遊世界，學習木工嗎？抵達古騰修拉夫王國前，我在這個國家參與過監獄的建設工程。」

「監獄……你是指愛蓮命人蓋的那座黑漆漆的監獄嗎？」

「對呀。聽說是由我尊敬的建築師阿爾文設計，我就拜託他們讓我加入。阿爾文蓋的建築物向來與眾不同，那座監獄果然設計得很特別，那是相當迷人的工作。可是有一天，孔武有力的維京人突然出現在工地，抓走名叫約翰的同事。後來我才知道那些維京人是愛蓮雇用的私設軍隊。」

納普優雅地切開鮭魚，送入口中。

「約翰他啊，跟妳有一樣的遭遇喔。他的家人也中了火柴的毒，所以他恨透了愛蓮，為了尋找報仇的機會，喬裝成工人，加入蓋監獄的工程。不幸風聲走漏被抓走。據我打聽到的小道消息，他被送到遙遠的北方森林，被罰勞役伐木。他是好人，所以我想救他，但是光靠我一個人的力量實在辦不來。因為愛蓮的手下潛伏各地，很難在修本哈根展開救人行動，所以蓋好監獄後，我立刻逃離這個國家，到處遊歷，一面思考該怎麼救出約翰。」

「所以才去了古騰修拉夫嗎……可是，你不但沒有想出救出約翰的方法，還滿腦子只想著要怎麼拐騙古利潔上床。」

納普毫無愧色地哈哈大笑。

「原諒我嘛。對義大利人而言，戀愛比吃飯、呼吸還重要。後來我為了見古利潔，去紀辛爺爺的大宅，結果被修娜希恩趕出來。我想跟她套交情，就問了妳的近況。她說妳為了殺愛蓮前往修本哈根了。也聽說了妳外婆的事。我心想這下子終於遇見聰明的朋友，所以用最快的速度趕回修本哈根。」

聽到這裡，小紅帽總算明白納普出現在這裡的原因了。這傢伙雖然很愛拈花惹草，但似乎可以信任。比起這點，小紅帽更在意另一件事——

「你剛才說愛蓮還有軍隊，我確實沒料到她會防備到這個地步，看來需要更周詳的計畫呢！」

「關於她的軍隊啊……」納普將叉子舉到臉旁，朝小紅帽拋了個媚眼。「其實不久前，這件事傳入丹麥國王弗里德利克耳裡，命令她解散軍隊。愛蓮乖乖聽話，所以沒有被問罪，但她如果膽敢再組織軍隊，一定會受到懲罰。」

「這樣啊。」

「小紅帽，我認為這事可以借力使力。」

「怎麼說？」

「在這個城市製造愛蓮無法一人擺平的動亂，逼她出動軍隊。然後再讓弗里德利克陛下知道愛蓮抗命，就能借用國王的權力懲罰愛蓮。」

「可是……」小紅帽似乎不願應和這個策略。「這樣殺不了愛蓮。」

「別想著殺人嘛。只要國王做出懲處，她就無法再賣火柴了，妳不覺得這樣就夠了嗎？」

納普平靜的語氣令小紅帽沉吟了半晌……他說的有道理，就算殺死愛蓮，外婆也回不來。

「好吧……可是要怎麼逼愛蓮出兵？」

「關於這點嘛，我還沒想到。」

真不可靠，這傢伙果然只有外表還可以。小紅帽抱著胳膊，陷入思考。

待她想好點子，睜開雙眼，納普已經吃完鮭魚，正在擦嘴。

「這樣如何？」

「嗯？」納普對她投以期待的眼光。

「我今晚會故意被抓住。」

「故意被抓住？」

「沒錯。我不確定愛蓮會不會來見我，但是戴紅頭巾的女孩是很明顯的特徵。」

「啊，確實是。」

「然後從第二天起，戴紅頭巾的人會開始攻擊鎮上各個販賣『愛蓮的火柴』的據點。明明關在牢裡的我居然出現在街上，愛蓮肯定會大吃一驚，為此出動軍隊吧？」

「那出現在街上的小紅帽又是誰？」

「當然是你啊！你想辦法弄到紅頭巾，扮成我到處跑。」

納普用叉子「叮叮咚咚」地輕敲空盤，想了一下才說：「行不通啦。」

「只要去看一眼，就知道妳還在牢裡了。這麼一來，我就只是戴著紅頭巾的怪人，我不覺得這樣能讓愛蓮害怕。」

「說的也是。」

雖然是自己努力想出來的辦法，小紅帽也覺得行不通。

納普放下叉子，笑著說：

「如果妳真的從牢裡消失，或許就能讓愛蓮害怕了。」

「問題是要怎麼消失？」

「我想到一個好主意！剛才我巧遇一起蓋監獄的同伴，他告訴我，自從監獄蓋好後，愛蓮一次也沒去過。」

「不是她自己命人蓋的嗎？」

「對呀。更誇張的是，監獄才蓋到一半，負責設計的阿爾文就把設計圖交給我們，跑去別的國家了。愛蓮把購買土地和興建監獄的任務交給一個男人叫托比亞斯，那人是個年邁老頭，監獄還沒蓋好就死了。約翰被捕後，我們對愛蓮就沒有好印象，所以也沒人跟愛蓮的員工說過那座監獄的構造。換句話說，火柴工廠的人根本不知道阿爾文藏在監獄裡最大的祕密——只要善加利用，就能讓妳從牢裡消失。」

*

「最大的祕密？」

小紅帽說到這裡，愛蓮面露凶光地逼問她。

「難道監獄裡有地道嗎？」

「就算有地道逃出去，也會被妳的軍隊發現吧？我待在比地道更安全的地方，不知道監獄祕密的人絕對找不到那個地方。納普。」

在小紅帽的指令下，二十個戴著紅頭巾的人當中，離她們最近的人拿下頭巾，露出俊美的臉。

「一直披頭蓋臉地戴著這個頭巾，實在很熱耶！」

納普笑得愉快極了，拿出藏在背後的石板和一朵玫瑰。石板上刻著監獄的剖面圖。

「愛蓮，妳好。我是幫妳蓋監獄的木工納普。」

納普做作地朝愛蓮遞出玫瑰。小紅帽從旁邊「啪！」地一聲打掉他的手。

「好痛！」

「玫瑰就免了，繼續說。」

「愛蓮，妳委託阿爾文蓋監獄的時候，要求他做出『愛蓮的火柴』的風格：假裝讓囚犯看到一線希望，再一口氣吹滅希望之火，只剩下絕望的黑暗。這樣的概念吧？」

愛蓮一言不發。小紅帽看得出來，她顯然想起當時的事了。

「阿爾文觀察貴公司的火柴盒，加上妳要求的概念，打造出這樣構造的監獄。把牢房做成雙重結構，就跟火柴盒一樣。天花板、地板、外牆和欄杆是火柴盒的外盒、牢房的內側還有另一個相當於火柴盒內盒的牢房。而且有輪子可以把這個牢房移動到另一邊的空間。說穿了，內側的牢房不同於真正的火柴盒，沒有外牆和側面的欄杆。平常光線從小窗透進來，也可以看見窗外的景色。但另一邊的空間沒有窗戶，是一片暗無天日的絕望黑暗（三一二頁的圖①）。順帶一提，建築物頂端有如火柴棒的槓桿是用來移動牢房的機關。妳大概以為那是很有品味的裝飾吧？」

愛蓮驚訝地凝視石板圖，不住地搖頭大喊：「這太奇怪了！」

「監獄應該不是這種長方形的建築物呀。」

「妳似乎沒看過建築物的構造呢。」納普把一張紙貼在石板上。那是從上往下看的監獄立面圖。面向港口的部分是長長的L字形！（三一二頁的圖②）

「從陸地上可以看到隔壁有一棟海豹海運的藍色倉庫。但藍色倉庫其實把監獄遮了一半，要從海上看過來，才能看到監獄全貌。」

小紅帽看著愛蓮錯愕的表情，回想自己抵達修本哈根前，在船上看到的風景。從海上看過來，後來關押自己的長方形黑色建築物就在黃色的倉庫與粉紅色的倉庫之間。

「啊……」

愛蓮的維京人保鑣發出恍然大悟的低喃。

「所以牢裡才沒有燒完的火柴嗎？」

沒錯。因為內側的牢房被移動了，昨晚掉落在牢房裡的火柴殘骸與小紅帽一起消失了。小紅帽還擔心愛蓮會不會從這個事實發現牢房的機關，看樣子只有這個維京人保鑣注意到事有蹊蹺。

「巴德雷，你注意到的時候為什麼不告訴我？」

「我想說啊，可是被打斷了。」

「你這個沒用的廢物！」

愛蓮破口大罵。

「我不明白，我不明白！」千里在一旁鬼吼鬼叫：「首先，是誰移動了內側的牢房？」

「是我啊。」

納普以平淡的口吻說。

「大概是七點過後吧，我沿著建築物的牆壁爬到屋頂上，就跟討女孩子歡心一樣，這也是我的拿手好戲。後來的事也都是我做的。小紅帽和二十位同夥只是靜靜地在黑暗中等待黎明罷了。」

「我就是這裡不明白！」

千里充滿血絲的眼珠子都快要迸出來了。

「紅頭巾是怎麼來的？要在這個城市買到那玩意兒可不容易。你們是昨天才擬定這個計畫的吧？才一個晚上，要怎麼弄到那麼大量的紅頭巾？再說了，如果有人戴著或是藏有那種東西，我和維京人軍隊應該會馬上發現才對！」

聽到這裡，小紅帽微微一笑。

「終於到揭曉謎底的時間了，芭芭拉。」

小紅帽出聲呼喚，納普旁邊的小紅帽頭上的頭巾「啪！」地一聲消失了。站在那裡的是小紅帽在灰姑娘的事件中遇見的女巫芭芭拉。

「真是的，你們廢話未免也太多了，要是過了十二點該怎麼辦！」

「愛蓮、千里，我來介紹。這位是女巫芭芭拉，昨天特地來修本哈根幫我。雖然無法把我變成鳥或蟲飛走，但是要變出衣服或讓衣服消失對她而言太容易了。不過鞋子完全不行就是了。」

小紅帽說道，視線落在手中的兔子腳護身符上。

圖①　剖面圖：從海上看監獄時

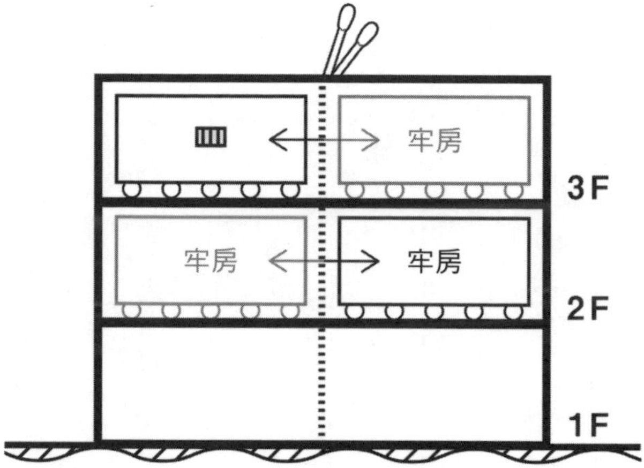

圖②　立面圖：從上往下看監獄時

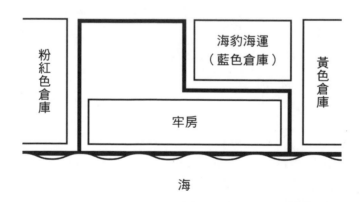

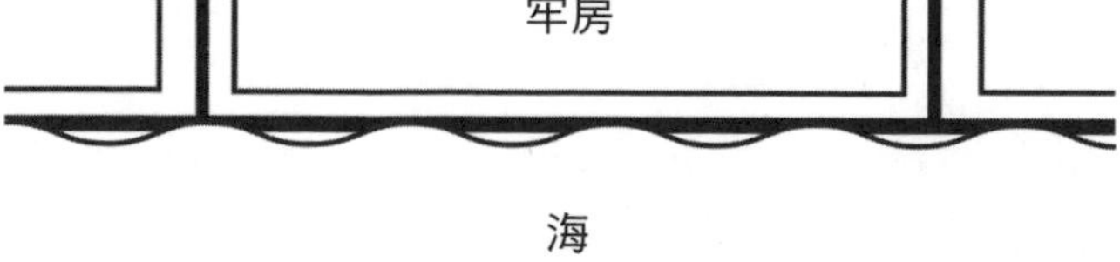

——當妳遇到困難的時候，可以對天空舉起這個，呼喚我的名字。即使我在千里之外，也會馬上趕到妳身邊。

小紅帽在牢裡高舉兔子腳，呼喚芭芭拉，芭芭拉立刻依約而來。原本不願意協助小紅帽的計畫，但是看到小紅帽已經變成階下囚，芭芭拉咕噥著抱怨「真拿妳沒辦法」，與監獄外的納普取得聯繫，答應助他們一臂之力。想也知道，每次攻擊的時候都是她負責變出紅頭巾，或是把紅頭巾變不見。同時攻擊相隔甚遠的店鋪也是為了讓事情顯得更複雜。

「順便告訴妳好了，納普和芭芭拉所使用的炸彈是把我帶來的火藥分裝在從鎮上酒館撿來的空瓶裡製成的。」

小紅帽與納普密談後，跟餐廳要了一個空瓶，躲在餐廳後面，把沙子裝進去，帶回飯店。然後再把長途跋涉帶來的一整瓶火藥分一點到裝滿沙子的酒瓶裡，將剩下的火藥交給在飯店外待命的納普。

納普跑遍了修本哈根的酒館以蒐集空瓶，將火藥分裝進去。畢竟一整瓶火藥的威力足以炸掉一棟房子，即使分成小份，也足以讓直營店失火。

「就是這麼回事，千里。我讓你拿給愛蓮的酒瓶是假的炸彈，那種山寨品只能噴出一點火花。豈止是騙小孩的玩具，根本是騙小老鼠的玩具。」

站在千里與愛蓮身後的跛腳男人顯然比他們還震驚。

「總之，妳被神出鬼沒的小紅帽逼得狗急跳牆，果然出動了軍隊。」

「真是太好了。因為我昨天就向國王回報：『愛蓮又打算出動軍隊了。』」

納普抓了抓頭髮，笑著說。

「還有一件事，我怎麼也想不明白。」

千里已經筋疲力盡了，但似乎還想問個水落石出。

「妳……是怎麼離開牢房的？」

「我原本不打算出去。」

小紅帽的回答令千里和愛蓮跌破眼鏡。

「我們的目的是讓妳打破與國王的約定，我原想等一切落幕再風光出獄就好了。可是妳為了尋找我的下落，不只軍隊，連獄卒都派出去了。」

「嘿嘿嘿，妳的決定真是令我大吃一驚。」納普拍手大笑。「我利用襲擊的空檔去牢裡一看，發現居然沒有半個人。而且鑰匙就掛在警衛室。既然如此，我立刻救出小紅帽和其他人。」

芭芭拉舉起手，在場所有小紅帽的紅頭巾都消失了。燕子飯店地下室的同夥皆以惡狠狠的表情瞪著愛蓮。芭芭拉變的鞋子會沾滿泥巴，所以只有鞋子是他們自己的——這點似乎已經不需要再對臉色蒼白如紙的愛蓮多做解釋。

小紅帽一骨碌地轉過身去。

「陛下。」

她向馬上的弗里德利克陛下行禮。

「讓您聽我們講了這麼多廢話，不勝惶恐。請陛下指示。」

陛下「嗯哼」地點點頭，向愛蓮宣布：

「愛蓮啊，妳破壞與朕的約定，動用軍隊，所以朕必須逮捕妳。火柴工廠也即刻關閉。」

聽見陛下的指示，一位士兵手持繩索走向愛蓮。就在士兵正要把愛蓮的手綁起來時——

「你休想！」

愛蓮抓住一旁跛腳男人的衣領，將他推向士兵。由於太過突然，男人和士兵都摔倒在地。

愛蓮以迅雷不及掩耳的速度從敞開的門縫逃進工廠。

「快追，別讓她跑了！」

國王發號施令，士兵們躂躂躂地衝進工廠。

13

黃金壁紙折射出天花板上水晶大吊燈的光線，呈現出金碧輝煌的景象。

房間的正中央有一隻碩大的烏龜擺設。

龜殼上有四頭黃金大象，對著天空伸長鼻子。

四個象鼻撐著軟木做的地球儀。

地球儀表面插了很多火柴棒形狀的大頭針。

愛蓮站在裝飾著紅寶石和鑽石的台上，低頭看著地球儀。

所有插著大頭針的地方都是「愛蓮的火柴」分公司。總共有多少據點呢？數也數不清了。

「愛蓮小姐。」
穿著金色燕尾服的管家朝她走來，畢恭畢敬地遞出火柴棒大頭針。
「恭喜您。終於在阿拉比亞也開了分公司。」
「是嗎？」
愛蓮強忍住內心的喜悅，大器地接過大頭針。
「還有，哥爾哈桑王子無論如何都想見愛蓮小姐一面。」
「幫我告訴他，什麼時候都可以。」
愛蓮將大頭針扎在地球儀的阿拉比亞上。
「愛蓮小姐！」
「愛蓮小姐！」
這次是穿著銀色和祖母綠色燕尾服的兩位管家分別遞出大頭針。
「愛蓮小姐的火柴在印度的朋迪治里和馬德拉斯也很搶手。英國的領事甚至表示他只喝用愛蓮小姐的火柴燒的熱水泡的紅茶。」
「中國清朝的皇帝也非常中意愛蓮小姐的火柴，送來兩百只翡翠壺、三百張虎皮、五百頭非常有名的猴頭珍饈做為回禮。皇帝希望從今以後也能一直收到愛蓮小姐的火柴。」

「是嗎？」這次她的笑意真的藏不住了。「大家都很喜歡我的火柴啊。」

金銀財寶及禮物絡繹不絕送來。曾幾何時，地球儀已經插滿火柴大頭針。

成就感充實著愛蓮的心，不由得閉上雙眼。

眼前浮現過往。

九歲時悲慘的自己。一無所有，又髒又小的自己，險些凍死在大雪中。要是當時就那樣死掉了，肯定會被人當成垃圾。說穿了，人類就是這麼回事。

沒錢的人，一輩子都只能作悲慘的夢。因為作夢不用錢——那一天，朝自己吐口水的男人說過這句話。那個人什麼也不懂。一輩子只能作著悲慘的夢是因為不懂得怎麼作夢，只要在心裡誓言得到財富，忍辱負重勇往直前，就能變成有本事作發財夢的人。

睜開雙眼，黃金無比耀眼。作夢本應該有代價。因為如此一來，就能得到更多財富。

想必再也沒有人敢對如今已變得富可敵國的愛蓮吐口水，她再也不會沒戴手套就被丟到冰天雪地裡。

「呵呵……」愛蓮忍不住噗哧一笑，而且一笑就再也停不下來。

「呵呵呵，哈哈，哈哈哈……！」

全世界都臣服在愛蓮腳下，這個世界需要愛蓮。提到未來的夢想，全世界的少女都會回答「想變成愛蓮」。

愛蓮仰天大笑。太好笑了。她只能拚命地笑。

「愛蓮小姐！土耳其的蘇丹說他無論如何都想見您一面，說他需要十萬盒火柴。」

部下陸續傳來好消息。

「愛蓮小姐！愛蓮小姐的火柴在俄羅斯也大發利市。東方的哥薩克首領獻上七萬張海獺的毛皮，想為分公司貢獻心力。」

沒完沒了的捷報。

「愛蓮小姐！正在南美探勘的探險隊表示，想以愛蓮小姐的芳名為前幾天剛發現四百公尺高的巨大瀑布命名。」

「愛蓮小姐！奧地利的知名音樂家做了一首歌頌愛蓮小姐的圓舞曲，希望您能撥冗去聽音樂會。」

「愛蓮小姐！美國議會決定頒發美利堅合眾國榮譽市民的稱號給您。不僅如此，還希望您同意讓『愛蓮的火柴』的社旗飄揚在總統官邸上。」

「愛蓮小姐！出了名討厭與其他國家打交道的日本國將軍德川氏派遣使節前來，表示願意與『愛蓮的火柴』通關貿易。這真是太驚人了！」

「愛蓮小姐！」「愛蓮小姐！」「愛蓮小姐！」

沒錯！我才是成功者，我才是統治者——

這世上的一切都是我的！

「愛蓮小姐！」「愛蓮小姐！」「愛蓮小姐——！」

14

弗里德利克陛下的軍隊大舉衝進火柴工廠，但一不會兒又出來了。看來愛蓮似乎從後門逃之夭夭。士兵們分頭去鎮上搜索，燕子飯店地下聚會的成員也加入行列，工廠前只剩下小紅帽和芭芭拉、納普，還有瓢蟲艾美。

「怎麼辦？我們也追上去嗎？」

納普問道，小紅帽搖頭。

「那大家一起去吃晚餐吧？我知道有一家餐廳的鮭魚很好吃。」

「真是個好主意。」

芭芭拉表示贊成，但小紅帽提不起勁來。

「我想一個人在這裡散散步。」

納普還想說什麼，但終究只是聳聳肩說：「是嗎？」

小紅帽向芭芭拉與艾美揮手道別，開始往前走。

寒冷的黑暗降臨在五顏六色的可愛街道上。

旅途至此劃下句點，再繼續想著復仇也只是徒增空虛而已。

冷不防，小紅帽想起了母親。

她一定正在森林那間小屋子裡，擔心地等著小紅帽回去吧。

買個紀念品回去給她好了。小紅帽走向看似有店鋪的方向，卻遍尋不得紀念品店。看樣子自己似乎走進住宅區了，到處都找不到類似的商店，只是一再與豎起大衣的衣領，形色匆匆的路人擦身而過。

找不到也只能算了。小紅帽又往前幾步，發現一條小巷子，燈光從窗戶灑落在巷子裡。

不知道為什麼，那條巷子特別吸引小紅帽。

小紅帽走進巷子裡。走著走著，來到一個轉角，小紅帽不以為意地轉進去，然後停下了腳步——

愛蓮就在那裡。

她坐在冰冷的地上，嘴巴張得大大的。

揚起嘴角，好像在笑。可是眼神渙散，也沒有笑聲。

手裡拿著點燃的火柴。

膝蓋和地上滿是燒完的火柴、燒完的火柴、燒完的火柴……

「是我的……東西喔……」

愛蓮以嘶啞的聲音說道，腦袋無力地往後仰，一臉呆滯望向天空。

「這個世界……都是我的……」

小紅帽目不轉睛地看著她，有樣白色的東西輕飄飄地落在愛蓮臉上。

那是修本哈根今年下的第一場雪。

本作品為虛構作品，改編自世界童話，
作品中的人名及相關名稱皆為創作。

文學森林LF0171

小紅帽，在旅途中遇見屍體

赤ずきん、旅の途中で死体と出会う。

作者
青柳碧人（あおやぎ・あいと）

一九八〇年出生於千葉縣。二〇〇九年憑藉著《濱村渚的計算筆記》榮獲第三屆「講談社Birth」小說獎。該書系列化後成為暢銷書。另有「舞台監督」、「西川麻子」等知名系列作品，以及深受好評的《從前從前，某個地方有具屍體……》、《從前從前，某個地方還是有具屍體……》（暫譯）、《小紅帽，在旅途中遇見屍體》、《小紅帽，撿到小木偶後又遇見屍體》（暫譯）。

譯者
緋華璃

不知不覺，在日文翻譯這條路上踽踽獨行已十年，未能著作等身，但求無愧於心，不負有幸相遇的每一個文字。譯有《從前從前，某個地方有具屍體……》、《懶懶》、《房東阿嬤與我》系列、《天才的思考：高畑勳與宮崎駿》。

歡迎來【緋華璃的一期一會】坐坐：www.facebook.com/tsukihikari0220

封面插畫　五月女桂子
封面設計　陳恩安
責任編輯　陳柏昌
編輯協力　詹修蘋
行銷企劃　黃蕾玲、陳彥廷
副總編輯　梁心愉

初版一刷　二〇二三年三月二十七日
定價　新台幣三八〇元

ThinKingDom 新経典文化
發行人　葉美瑤
出版　新經典圖文傳播有限公司
地址　10045臺北市中正區重慶南路一段五七號十一樓之四
電話　886-2-2331-1830　傳真　886-2-2331-1831
讀者服務信箱　thinkingdomtw@gmail.com
臉書專頁　http://www.facebook.com/thinkingdom/

總經銷　高寶書版集團
地址　11493臺北市內湖區洲子街八八號三樓
電話　886-2-2799-2788　傳真　886-2-2799-0909
海外總經銷　時報文化出版企業股份有限公司
地址　桃園市龜山區萬壽路二段三五一號
電話　886-2-2306-6842　傳真　886-2-2304-9301

AKAZUKIN, TABINO TOCHUDE SHITAI TO DEAU。

First published in Japan in 2020 by Futabasha Publishers Ltd., Tokyo.
Chinese translation rights arranged with Futabasha Publishers Ltd. through Future View Technology Ltd.

Printed in Taiwan

小紅帽，在旅途中遇見屍體/青柳碧人著；緋華璃譯. -- 初版. -- 臺北市：新經典圖文傳播有限公司，2023.03
328面；14.8X21公分. -- (文學森林；LF0171)
譯自：赤ずきん、旅の途中で死体と出会う。
ISBN 978-626-7061-62-6(平裝)

861.57　　112003335